千年扬州梦

张谷墨 著

QIANNIAN YANGZHOU MENG

时代出版传媒股份有限公司
安徽文艺出版社

图书在版编目（CIP）数据

千年扬州梦 / 张谷墨著. -- 合肥：安徽文艺出版社, 2025.5. -- ISBN 978-7-5396-8351-5

Ⅰ. I267

中国国家版本馆 CIP 数据核字第 2025RL2181 号

出 版 人：姚 巍
责任编辑：张妍妍 姚爱云　　装帧设计：高 欣 徐 睿
....
出版发行：安徽文艺出版社　www.awpub.com
地　　址：合肥市翡翠路 1118 号　邮政编码：230071
营 销 部：（0551）63533889
印　　制：安徽新华印刷股份有限公司 （0551）65859551
....
开本：880×1230　1/32　印张：6.25　字数：120 千字
版次：2025 年 5 月第 1 版
印次：2025 年 5 月第 1 次印刷
定价：38.00 元
....
（如发现印装质量问题，影响阅读，请与出版社联系调换）
版权所有，侵权必究

序：千年扬州梦

扬州千年梦，相当难写，原因有三：

第一，历史上的扬州和今天的地级市扬州不是一个概念。熟悉中国历史的人都知道，在中国宏大的行政传统中一直有着天下九州的说法，将偌大的中国划成了九个大州。作为九州之一，扬州包括了今天南京、苏州、南昌等大都市。这也导致了文人墨客笔下繁华的扬州很可能是别的什么地方。"腰缠十万贯，骑鹤上扬州"中的"扬州"便可能是代指今天以南京为中心的江南都市群，和乾隆皇帝所谓的下江南是一个概念。而今天的扬州市，只是一个人口不到五百万，主城区人口一百万的江北二线城市。它的古城虽然历史悠久，但是在中国历史的宏大叙事下，显得有些渺小。我们几乎无法从那些脍炙人口的辞章中、动人心弦的传说里，找寻到今天扬州那特别的小小身影。

第二，扬州很不幸。扬州附近有几座更大规模的名城。这里的名城代表便是苏州和南京。挨着名城也就算了，要命的是和名城的关系还非常近，这要放在生物学上，没准就是一个属的——扬州的园林和苏州的园林除了专业人士，一般人怕是很难看出其中区别，扬州的小桥流水完全可以成为苏州小桥流水的拍摄地，起码我在之前的那份工作中没少干这事。东关街和观前街，都是大运河沿岸的历史聚落。而南京则更加过分，两地方言虽不同但相通，饮食习惯大差不差，总有一种"双兔傍地走，安能辨我是雄雌"的画风。在我读大学期间，我的外地朋友中搞不清广陵和金陵谁是谁的比比皆是。觉得反正名字都带"陵"，大差不差。

第三，也是扬州最大的缺憾，那就是没有一张足够涵盖整个城市发展历史的名片。这一点还是拿南京来对比。作为六朝古都的南京，早在秦始皇时期还没有建立像样的城市时，就有了虎踞龙盘的帝王气。虎踞龙盘，江南形胜，这八个字就是南京基因最深处的密码，从第一个皇帝秦始皇，到终结了君主制的孙中山，都这么形容南京。有了原始代码，开枝散叶，欣欣向荣，叶兆言先生的《南京传》便有了主心骨，有了方向标。

那扬州的历史名片是什么？有人说是盐商，但是抱歉，扬州商业繁荣，盐业发达，只占了历史的很小的篇幅；有人说是大运河，确实，"中国运河第一城"的名头扬州当之无愧，但是运河沿岸城市一共三十多座，运河城市的名头和四大古都的名头比起来，还是弱了一点。徜徉在古扬州街头，从瘦西湖到大明寺，从三湾运河的绵延不绝到蜀冈盛景的奇崛多样，看过后真的很难像对南京一样，对扬州这座城市有一个直观的印象，我称之为城市文化的底色。

但是《千年扬州梦》不得不写，原因也有三。

第一，扬州是运河首城，"运河"这个词最早出现在史籍中，便和扬州联系在一起了。欧阳修等人编纂的《新唐书》卷二十六中有这样一句话："开成二年夏，旱，扬州运河竭。"意思是，在唐朝的开成二年，也就是公元837年这一年的夏天，发生了大旱，扬州的运河枯竭了。可能欧阳修本人没有意识到把"运河"作为历史名词搬上中国历史的这个行为，会对后来造成多么大的影响。而扬州则荣幸地成了这个词最初的陪伴者。

我认为这是偶然，但是某种程度上也是必然。在837年的这次大旱中，欧阳修等人唯独挑中了扬州，挑中了这座江北的小城,必有其内在的逻辑和原因。

第二,扬州面孔甚多,不写可惜。今天的扬州,二十四桥明月夜,诗词歌赋斗百篇,盐晶银花差可拟,烟花柳巷城中现。带着一点文气、一点诗气,甚至还有一点暧昧气息。但是这也是隋唐之后,特别是明清以后扬州的面孔,而在这之前大段的历史中,扬州有霸蛮之气、英武之气以及敢为天下先的豪气,这一点和湖南比较类似。同一座城市,在历史的不同时期,拥有截然不同的城市气质,这一点是很罕见的。

第三,扬州需要看清来时的路,才能展望未来的图。扬州城在历史上是要塞,也是商都;是前沿阵地,也是一代国都;是繁华甲天下的世界名城,也是无可奈何花落去的明日黄花。今天的扬州,似乎再一次来到了历史的十字路口,在这个路口,我们回望过去,无疑能给现在一些启示和一些思路。

那历史中的扬州,到底是什么样的呢?

我翻阅史书,似乎找到了一个属于自己的答案。

扬州,是伟丈夫的天堂,是野心家的乐园。不要误会,"伟丈夫"和"野心家"在这里并没有褒贬的意思,他们都是有梦想的人,为了梦中的明天而奋斗。对,扬州实际上是一座梦想之城,这里的梦想可以是赫赫战功,也可以是白银万两,甚至还可以是夺权篡位。人类最为原始的欲望,在这座小城中争相上演了一幕又一幕戏剧,给这座城市留下了自己的印记,直到今天。这些"伟丈夫""野心家"中,有的我们时刻怀念,有的被我们遗忘,有的甚至遭受了骂名,但是他们的痕迹永远留在了这座江北小城中。让我们揭开历史的面纱,把他们的故事重新变得鲜活。

是为序。

目录

序：千年扬州梦 / 001

第一章　邗沟初开 / 001

第二章　我蛮夷也 / 008

第三章　歌吹沸天 / 015

第四章　忠诚卫士 / 026

第五章　江东一体 / 034

第六章　倚天屠龙 / 041

第七章　南朝往事 / 049

第八章　天选王子 / 055

第九章　大河滔滔 / 061

第十章　水殿龙舟 / 068

第十一章　通江达海 / 075

第十二章　谁家天下 / 081

第十三章　海阔鱼跃 / 088

第十四章　武力未弘 / 098

第十五章　富而不贵 ／ 105

第十六章　一地三城 ／ 111

第十七章　风流散去 ／ 117

第十八章　城生人生 ／ 123

第十九章　大哉乾元 ／ 129

第二十章　无心插柳 ／ 135

第二十一章　纯者无敌 ／ 141

第二十二章　盐利四方 ／ 147

第二十三章　独木难支 ／ 153

第二十四章　遗老情怀 ／ 160

第二十五章　怪以八名 ／ 166

第二十六章　头号玩家 ／ 173

第一章 邗沟初开

扬州城的历史，到底从什么地方开始呢？这是一个有明确答案的问题，2014年的烟花三月，扬州市政府打出了"庆祝扬州建城2500周年"的纪念旗帜。整整两千五百年，这在当年的旅游口号中无疑深入人心。事实也是如此，数年之后，这句口号和扬州马拉松那一句"唐宋元明清，从古跑到今"一样，成为扬州人随口能接上的段子。

从2014年上溯整整两千五百年，是公元前486年，这一年发生了两件大事——邗城建成、运河肇始。这两件事都是由一个人来完成的，这个人便是吴王夫差。

夫差是中国历史上的大明星，也是国君中著名的反面典型,在脍炙人口的成语"卧薪尝胆"中成了发愤图强的越王勾践的"背景板"。打了胜仗就骄傲地把尾巴竖起来当旗杆用,最后被对手掀桌翻盘,很不光彩。

但也许这就是当时长江中下游吴国的性格。在遥远的春秋时期,长江中下游瘴气丛生,蛮夷遍地,在这里中原的克己复礼、温良恭俭让显然行不通。事实上也是如此,在春秋时期,吴国人被认为是不讲道理只看拳头的乡巴佬。

有一个有趣的故事是这样的:有一年长江下游的鲁国派使者来吴国进行国事访问,吴王十分喜爱这个使者,于是把自己的一把佩剑送给了他。

这可闯了大祸,史称这位使者大惊,因为在那个时代,国君赠臣下宝剑是一种勒令对方自杀的行为,意思是你拿到这把剑就自己"体面"了吧,你不"体面"不要逼国君帮你"体面"。吴王不知道有这个规矩,造成了严重的外交事故。

还好吴国臣子中有懂的,连忙找到这个使者说咱家大王就是单纯地欣赏你,没别的意思,使者这才收下了宝剑,战战兢兢地回国去了。

另一个楚国,在春秋时期也被看成不讲道理只看拳头的乡巴佬。司马迁《史记·楚世家》中有这么一段记载:"三十五年,楚伐随。随曰:'我无罪。'楚曰:'我蛮夷也。……'"意思是,公元前704年,楚国征讨随国,随国说,我没罪,你咋还打我?楚国说,我是蛮夷,打的就是你,还需要理由吗?颇为自己是大老粗而感到自豪。

大老粗的楚国后来和吴国交战,屡战屡败,甚至国都都丢掉了,可见吴国在当时春秋各国中是个啥形象了。有句俗话说得好,横的怕愣的,愣的怕不怕死的,不怕死的怕不要脸的。当时长江中下游的蛮夷普遍断发文身,没准脸上还有刺青,由此可见,吴国很可能位于鄙视链的底端。

那这群人的头儿建的邗城,在什么地方,意味着什么呢?

邗城的具体位置目前在学术界依旧有争议,但是有一点是肯定的,邗城位于扬州城城北的蜀冈附近,也就是今天平山堂以及汉墓所在地,瘦西湖景区的北大门。蜀冈是扬州城的制高点,也是江淮平原的最高点,在这个地方屯兵筑城,进可以使它成为称霸江淮的桥头堡,退可以将它作为长江的第一道门户。吴王夫差在此建城,其目的不言而喻。

作为修建邗城的配套工程,夫差在公元前486年发动民夫,以邗城为起点,开凿邗沟,连通了长江和淮河流域。这条邗沟今天也被认为是中国大运河的起点,看来吴王夫差不仅仅要让楚国人惊惧,还打算让中原人见识见识自己蛮夷之邦的厉害。

他也是这么做的。在左丘明所著《国语·吴语》中有如下记载：

> 万人以为方阵，皆白裳、白旗、素甲、白羽之矰，望之如荼。王亲秉钺，载白旗，以中阵而立。左军亦如之，皆赤裳、赤旗、丹甲、朱羽之矰，望之如火。右军亦如之，皆玄裳、玄旗、黑甲、乌羽之矰，望之如墨。

这段文字描写了夫差提兵北上，和当时的中原大国晋国对峙，想要一战称霸的场面。夫差安排了三个万人的方阵：左军一万人，穿红色盔甲和衣服，用红色箭羽；右军一万人，都穿黑色盔甲、衣服，打黑色旗帜；而夫差本人亲率中军一万人，都穿白衣白甲。由于当时用白色的芦柴花即荼形容大片的白色，于是这个场面后来演化为一个成语，叫作"如火如荼"。

没想到吧，"卧薪尝胆"的"背景板"，在"如火如荼"里是最靓的仔。

这种场面别说晋国人，在当时的天下也没人见过，这个仗也不要打了，承认你是老大便是，"晋师大骇不出"，连对垒的勇气都没有了。夫差成为古代行为艺术心理战的第一人。

很少有人想到,第一人的背后,都是邗城和邗沟的功劳。邗城险要,囤积兵器甲胄;邗沟通畅,物资源源北上。在生产力低下、运输效率堪忧的那个时代,要做到像这样将军备分门别类标准化源源不断地供应到前线,只有通过水运。夫差行为艺术的底气,正来源于这里。

夫差那几年着实威武,向北吓退了中原大国晋国,向西水军通过运河直插安庆附近,这已经靠近了楚国的国都,楚王只能仓皇出逃,国都陷落,吴国大夫伍子胥挥军进城,为报父仇把楚平王的尸体从坟墓中扒出来用鞭子抽。《史记·伍子胥列传》说伍子胥"乃掘楚平王墓,出其尸,鞭之三百"。现在在游戏中把用多余的操作吊打必败对手的行为叫作"鞭尸",这个看似新鲜的概念可是一点也不新鲜。

谁知"人无千日好,花无百日红",就在夫差提兵北上耀武扬威的时候,一直卧薪尝胆的越国在南边突然发动进攻,狠狠捅了夫差一刀,一举攻灭吴国,夫差本人自杀。这一年,是夫差建立邗城、开凿邗沟十三年后的公元前473年。

扬州的建城者就这么匆匆退出了历史舞台,并且遭到了史家差劲的评价。

子贡评价夫差:吴王为人猛暴,群臣不堪;国家敝以数战,士卒弗忍;百姓怨上,大臣内变;子胥以谏死,太宰嚭用事,顺君之过以安其私:是残国之治也。这话说得很重,放在今天,和批判战争狂人希特勒差不多,妥妥的头号战犯。

西汉名臣陆贾说:"昔者吴王夫差、智伯极武而亡。"意思是,太过于凭借武力,是夫差、智伯倒台的重要原因。

南宋诗人范成大还特地为此作了一首诗:"纵敌稽山祸已胎,垂涎上国更荒哉。不知养虎自遗患,只道求鱼无后灾。梦见梧桐生后圃,眼看麋鹿上高台。千龄只有忠臣恨,化作涛江雪浪堆。"意思是,你大败越国,不把勾践干掉养虎为患也就算了,还不自量力硬要去当个什么劳什子霸主,穷兵黩武,我呸!

这话客观地说没什么问题,但是由南宋时期的人说出口,就显得十分滑稽。因为南宋朝廷偏安一隅,连拿回本属于自己的那一份地盘的勇气都没有,凭什么嘲笑夫差不自量力去追寻自己的梦想呢?也难怪有人会讽刺"暖风熏得游人醉,只把杭州作汴州"了。

夫差这种行为,在崇尚道义的春秋时代,是不折不扣的破坏秩序。但是话说回来了,春秋无义战,秩序根本不足为凭——齐桓公称霸中原、九合诸侯的起点,是兄弟相残、争夺权位;晋国雄踞山西、表里山河,也是从曲沃代翼开始的。小宗吞并大宗,也不是什么光彩的行为吧?那凭什么齐桓、晋文受人敬仰,吴王夫差就得被当成反面典型批判数千年呢?

这里面的是非曲直先不去管它,但是吴王夫差给扬州城定下了一个锚点——蜀冈,涂上了最原始的底色——要塞,并且给它带来了一条润泽千年的玉带——运河。

《左传》记载,鲁哀公九年(前486年),"秋,吴城邗,沟通江淮",在两条东西向的大河中间,扬州成了南北要冲。以后千年的传奇,也将徐徐展开。

而吴王夫差,奠定了扬州的历史形象,也奠定了在扬州的梦想者们的形象,他们无一例外,朝气蓬勃但是野心十足,气吞山河但是毁誉参半,有梦想成真的豪迈,也有功败垂成的苦楚。这些人和这一座城,注定要互相成就。

第二章 我蛮夷也

吴王夫差短暂过了一把霸主的瘾就死了之后，吴国也被越国灭亡。中国人告别了春秋的彬彬有礼，进入了以"兼并"为关键词的战国时代。

这个时代国与国之间"卷"得十分厉害，尤其江淮地区，成了吴国、越国和楚国三国拉锯的中心点。吴国灭亡后的一个世纪中，楚国成了这部战国版本的"三国演义"的最后赢家。到楚威王后期，楚国国势达到顶峰，与先后崛起的齐、秦并列为战国三大强国。楚国成了当时诸侯国中最大的国家，也是当时物产最丰富、人口最多、军队最强大的国家。也有人说，公元前4世纪的楚国，很可能是当时世界范围内第一大国。

这个说法自然是见仁见智,但是楚国在当时长江中下游的扩张是不争的事实。在楚国扩张的"黄金时代"中,最有个性和知名度的楚王便是楚怀王。楚怀王知名度高的原因和吴王夫差出名的原因可以说是一个路子,吴王夫差出名是因为当了更加有名的勾践的"背景板",楚怀王出名是因为当了更加有名的屈原的大老板。

哈,都是反面典型,都被衬托得让人忘了他们做过哪些很有意义的大事情。

公元前319年,楚怀王把扬州纳入了楚国的势力范围,楚国也成了一个沿海国家。常年在长江中游,见惯了山地的楚怀王对一望无际的长江中下游冲积平原产生了深刻的印象,他用地势的特点描述了这个小城,给了这个小城一个千古不变的名字——广陵,即广被丘陵的意思。从此以后,尽管扬州作为一个地理、地盘概念居多,但是广陵成为这座小城千年以来一个确定的地理名称,沿用至今。

和夫差一样,楚怀王也意识到了蜀冈的重要性。

在今天从双峰云栈东边的小路北上蜀冈中峰,沿着唐子城护城河风光带,步行10多分钟后,可以在护城河的南端看到一处看起来很普通的已经被回填的水塘,这就是记载在史料中的楚广陵城的城门一角。《史记·六国年表》中,有楚怀王熊槐十年(前319年)"城广陵"的记载;《水经注》中,有"自广陵城东南筑邗城"的注释说明,楚广陵城是对邗城故址增修而成,增筑部分当在邗城的西北。楚怀王主持修建了邗城的二期工程,目的依旧是占据制高点,屯兵存粮,巩固国防。

只不过这一次,国防的重点不在北方。当时的楚国,国都在湖北江陵,打败了越国之后,楚国的主要国防压力来自西边的秦国,广陵城算是第二道防线。没了前线的压力,广陵城有了新的功用,就是拱卫盐场。

江苏所在的长江中下游平原属于冲积平原,是长年累月泥沙冲积而形成的。今天的海岸线在南通和上海,不过在两千多年前,广陵城外不远处就是海边。大海给人们提供了食盐这一重要的战略物资,不要白不要。早在春秋时期,江苏长江口一带就是盐场。

楚国在广陵筑城,保护了这一带盐场的安全,同时还管理盐业生产活动,包山楚简所记"煮盐于海"之地可能在此。战国末年,广陵的盐业经济形成了,因而楚国设置了辖有江淮东部地区的海阳郡,郡治在广陵,促进了该地盐业的发展。

楚怀王本人喜好文学,也鼓励楚国的文艺创作。《文心雕龙·时序》记载:"唯齐、楚两国,颇有文学。齐开庄衢之第,楚广兰台之宫……屈平联藻于日月,宋玉交彩于风云。"这表明,类似于齐国的稷下学宫,楚怀王已经有意选拔人才在兰台宫从事文学创作和文化讲学了。

这位楚怀王开疆拓土,拿着枪杆子,管理盐场,攥着钱袋子,搞文学论坛,玩转笔杆子,看起来还真是一位有为的国君。

只不过楚怀王在外交上跌了个大跟头,特别丢人的那种。公元前299年,秦国攻打楚国,攻取了楚国八座城市。其后,秦王写信约怀王在武关会盟,信中承诺两国结盟后秦国会归还楚国失地,对怀王威逼利诱。

楚怀王见信后,心生畏惧,担心赴约会受骗,不赴约又会激怒秦国。此时屈原已被召回,与另一位大臣昭雎皆称秦是虎狼之国,不可信,劝怀王不要去。但怀王的小儿子子兰以不应破坏和秦国的邦交为由,劝怀王赴约。怀王最终还是前往武关。结果秦国在后面设兵埋伏,关闭了武关的大门,断绝了怀王回国的道路,将怀王劫持到了咸阳。楚怀王数次想要从咸阳逃回国,都没成功,最后客死他乡。

轻信别国,自投罗网,"春花秋月何时了"的李后主和"靖康耻,犹未雪"的徽钦二帝看了都得嘲笑一番。他们表示好歹自己是被绑走的,这老兄却是自投罗网。翻遍中国历史,还真没有见过这样天真的主儿。这也让楚怀王成了历史上的笑柄。

其实,这也体现了人的复杂性。人是复杂的,做出前后矛盾的事情也正常,关于楚怀王自己也流传下来两个截然不同的典故。

第一个典故是湘山之会。相传楚怀王每年都会在洞庭湖畔的湘山,也就是今天的君山搞文艺party(聚会),听音乐,十分优雅。大家可以想象一下这样的场景:云雾缭绕、水汽蒙蒙的洞庭湖畔,楚怀王举着酒杯和文人们畅谈艺术……怀王一年四季都会搞这样的party,并且根据不同的季节创作不同的曲目,大家把酒言欢,非常雅致。席间佳人穿梭,风景极佳。这在历史上恐怕只有那位风流的南唐李后主才可以比拟。后人也把"湘山之会"作为一个典故来形容文艺盛况。

第二个典故就比较血腥了,叫作掩鼻。我觉得起码李后主在这件事上是比不了的。楚怀王有一个爱妃,名叫郑袖,此人善妒,看不得楚怀王宠幸别的女人,但是在表面上还要做出一副大度的样子。

有一年,魏国国君送了一个魏国美女给楚怀王,这个美女颜值很高,楚怀王很喜欢。郑袖把这个女人当成了眼中钉、肉中刺，但是表面上不露声色，每天以前辈的角色嘘寒问暖，很快取得了魏女的信任。魏女也把郑袖当成了知心姐姐。

一次魏女问郑袖，楚怀王喜好什么，对自己有什么看法。郑袖自知机会来了，便对魏女说："大王虽然宠爱你，但讨厌你的鼻子，所以你见到大王，一定要捂住鼻子，这样大王就会长久地宠爱你。"于是魏女听从郑袖的话，每次见到楚怀王就捂住自己的鼻子。楚怀王对郑袖说："魏女看见寡人时就捂住自己的鼻子，这是为什么？"郑袖回答说："我不知道。"楚怀王硬是追问郑袖，郑袖说："我倒是知道此事。"楚怀王说："即使再难听的话，你也要说出来。"郑袖说："不久前她曾说大王身上气味难闻。"楚怀王大怒，不经过调查，就命人割掉了魏女的鼻子，眼睛都不眨一下的那种。尽管这个故事中最坏的人是善妒的郑袖，但是不经过调查就割掉美人的鼻子，楚怀王对美人的这份心狠手辣，整个中国历史中，只有面对石崇当众处死劝酒不力的美人却坚持滴酒不沾的王敦才能与之相比。可见人都是矛盾的，人设这种东西，并不靠谱。

不过从另一个角度来看，楚怀王的时代，天下已经进入了一统的快车道，就在楚国建广陵城的同时，秦国已经在战国群雄中脱颖而出，启动了大国崛起、统一国家的历史进程。

楚怀王注定成为秦并天下的注脚,明明国土面积最大、军队最多,却不能成为统一天下的那一个。就连普通的"吃瓜"群众也觉得楚国比较冤,也就有了"楚虽三户,亡秦必楚"的说法。从陈胜、吴广起义打出的"大楚兴,陈胜王",到项羽举兵抗秦自封西楚霸王,秦末打着楚国招牌的义军不止一支,也表达了当时人们对这么一个超级大国的怀念。

对了,项羽反秦时推了一个楚王出来,这个楚王也叫楚怀王,可见楚怀王在当时还是很得民心的。也许,广陵城的遗老遗少们对此是最为拥护的吧。

第二章 歌吹沸天

大浪淘沙，秦末的农民起义就像一场单败淘汰赛，随着项羽乌江自刎，"楚"这个国号从中国大国梦中彻底退出，取而代之的是"汉"这个让中国人魂牵梦萦至今的响亮名字。

汉随秦制，当时秦朝的经验证明，二代而亡，那更多的是执行层面的问题，虽然横征暴敛、苛捐杂税搞得民不聊生，老百姓只能起来造反，但是秦朝留下来的郡县制是行之有效的行政制度，路线上是没问题的。

只不过新生的西汉暂时没有执行这种制度的能力，各个诸侯兵强马壮，反叛此起彼伏，汉高祖刘邦当了皇帝之后的人生，要么在平叛，要么就在平叛的路上，着实苦不堪言。在刘邦生命的最后两年,淮南王英布叛乱,刘邦御驾亲征平叛。在这场平叛战争中,刘邦的侄儿(刘邦二哥的儿子)——时年二十岁的刘濞脱颖而出,作战勇猛,甚至在和英布的单挑中取得了胜利。

这么猛的家伙,又是自己的亲侄儿,命不久矣的刘邦没理由不重用。灭了英布之后,长江中下游地区重回西汉的统治之下,这块地方在当时并不太平,浙江会稽的少数民族和原住民等英勇善战,常常搞事,需要选合适的人主政一方,用刘邦的话说就是"壮王以填之",当功臣宿将都老去的时候,谁能当这个壮王呢?很显然,刘濞根正苗红,又很能打,这块地盘给他最为合适。于是刘邦任命他为吴王,管辖三郡五十三城,国都所在地就是广陵城。

在刘濞任职之前,已经病重的刘邦对刘濞进行了一次"任前谈话"。老谋深算的刘邦一眼就看出刘濞不是安分的主儿,于是挣扎着从病榻上直起身子来,摸着刘濞的后背说:"侄儿啊,我占卜发现五十年后东南有人要谋反,不会是你小子吧?"刘濞听了之后,如同被雷劈了一样,立马跪下磕头说"臣不敢",吓出了一身冷汗。

这个故事的真实性存疑,因为五十年后刘濞确实挑头带领几个诸侯王在汉景帝时期掀起了著名的"七国之乱",这么一看,刘邦简直就是算命的神仙,刘濞叛乱的时候已经六十多岁了,在当时实属罕见,这样看来,刘邦不仅能算准有人造反,还能算到刘濞健康长寿,神乎其神,让人不敢置信。

但是刘濞不安分,这是事实。刘濞生财有道,更是事实。

刘濞来到广陵之后,把目光投向了楚怀王留下的产业——盐业。面对长长的海岸线,不把食盐给晒出来卖简直是一种罪过。刘濞立刻开始了盐业的建设。因为食盐,他于公元前195年发起开凿上官运盐河,即自扬州茱萸湾到海陵仓再到海安如皋的运盐河。《扬州府志》上记载,"自扬州湾头经海安至三十里墩,计长一百九十五里"。这是上官运盐河之始,它极大地促进了盐业的发展。历史上两淮盐场所产的盐,均经此河运往广陵城,于是广陵商贾云集,备尝渔盐之利,非常兴盛。两淮盐场也成为两千多年来海内产量最丰富的盐场。这条运盐河使用至今,新中国成立之后,于1958年重修这条东西走向的运河。这条河被命名为新通扬运河,从扬州一路向东,通向南通,至今还在发挥重要的地区性航运的作用。扬州成为两条重要运河的交叉之地,后来扬州经济繁盛,盐商在清朝时期富足,风头一时无两,都依赖这条运盐河。扬州的人们对这位吴王有着深厚的感情,在今天扬州古邗沟旁边的大王庙中,供奉着两位吴王,一位是之前提到过的春秋时期的吴王夫差,一位就是这个吴王刘濞。千年来两位吴王面前香火不断。刘濞在后面挑头掀起了"七国之乱",而导致他在《史记》《汉书》《资治通鉴》中没有好的评价,但是扬州的人民会记住他,这也充分说明,人民,唯有人民才是历史的评判人。

除了盐业,刘濞还充分开发铜矿,铸造铜钱。他在治下的豫章郡的铜山开挖铜矿,充实自己的"国库"。按理来说,盐、铁应该是国家专营,刘濞这种行为在很多时期都可以和"造反"画等号。但是西汉初年,无论是思想还是政局都是一团混乱,没人顾得上这个,于是也就由着刘濞搞自由的经济开发。

兢兢业业的刘濞也得到了回报,经营吴国几十年之后,吴国一跃成为西汉最为富庶的诸侯国,甚至比中央政府还要富有。

《史记》记载,吴国几乎成了类似于今天北欧这样的高福利社会,并且比北欧更进一步,几乎取消了所有赋税,出口的盐和铸造的铜钱已经能满足政府开支,本国百姓一分钱都不要缴。有些实在需要百姓出力的徭役或者兵役,政府都会付给高昂的经济补贴。除了这些,每年过节的时候,刘濞还亲自下乡调研,大搞撒币活动,给德高望重的人发巨额"红包"。

这类故实，让后人读起来都眼红无比。

在此政策之下广陵城迅速成为西汉第一批人口繁荣的大都市之一。南北朝文学家鲍照曾经写过一篇《芜城赋》，专门用华丽的辞藻来追思西汉初期广陵城的繁荣："车挂辖，人驾肩。廛闬扑地，歌吹沸天。"意思是，街市车轴互相撞击，行人摩肩，里坊密布，歌唱吹奏之声喧腾沸天。这就是扬州城历史上的第一个繁荣时期。

但是，在中央集权的专制制度下，地方诸侯的富强就是造反的充分且必要条件。也就是说，只要你交出了这么一份经济上的答卷，你就一定会谋反，就算不想谋反也会谋反。吴国和广陵城的繁荣，恰恰是历史夹缝时期偶然出现的景色。"薄天之下，莫非王土；率土之滨，莫非王臣。"刘濞挣得越多，就越站在了朝廷的对立面。

刘邦去世之后吕后专权，吕后死后功臣派和皇族派又对吕家反攻倒算，高层你杀我我杀你闹得不可开交，暂时还没能对刘濞形成政治压力。但是随着汉文帝即位，刘濞的好日子就到头了。这位汉文帝虽然看起来是个好好先生，但是内心硬得很，即位之后先后除掉了自己的亲舅舅薄昭和同父异母的弟弟刘铁，已经成为一方诸侯的刘濞自然就成为下一个打击目标。

刘濞的儿子刘贤入京,陪伴皇太子刘启喝酒下棋。两个年轻人喝了酒,一时间争执上头,刘启一把抄起棋盘就把刘贤打死了。汉文帝拉偏架,没有处罚自己的太子,而是把刘濞的儿子送回吴国安葬。刘濞很生气,说道:"天下同一家,死在长安就葬在长安,何必送到吴国来葬?"刘濞又派人把刘贤的尸体送回长安安葬。这下刘濞和汉文帝之间的关系产生了裂痕,每年的例行朝见刘濞也不来了。汉文帝当然知道刘濞不来的原因,要是厚道点儿就该低调处理,可是汉文帝公事公办,下诏责问刘濞,并且扣留了刘濞派来请病假的使者。刘濞很是害怕,写了一封检讨书,这才得到了汉文帝的谅解,汉文帝赐吴王手杖,特批他可以不来汇报工作,这事儿就算是暂时了结了。

但是汉文帝死后,刘启即位,是为汉景帝。这下问题就来了,对刘濞来说,按照关系,刘启是杀子仇人,论辈分,刘启是自己的晚辈(堂侄子)。这时候的刘濞已经是刘邦儿子辈中资格最老的,就算刘濞不动手,刘启也会主动找碴儿把刘濞给灭了。用《三体》中的名言就是,最高的敬意是斩尽杀绝。刘濞和刘启成了"黑暗森林"中的猎人和猎物。

于是"七国之乱"爆发,这场叛乱的过程不是本书的重点,最后在名将周亚夫的指挥下,西汉政府军打败了刘濞率领的叛军。吴国被从西汉的诸侯国中除名,扬州也告别了第一个繁华的高峰期。但是基础建设已经打下,官运盐河一经开凿,便具有非凡的经济意义。此河西通扬泰,东达海滨,是跨地区的水上通道,不仅有舟楫之便,而且有灌溉、泄洪之利。历史上"上九场"产的盐均经此河运往广陵,有史料显示,即使到了元代,长江以北淮南各盐场产的盐也仍在广陵集散,当时江苏、安徽、江西、湖南、湖北五省的大部分地区和河南的部分地区,均行销江淮东部滨海盐场产的盐,后来就连贵州也食用淮盐,因此一度有"吴盐甲天下"之誉。这已经是后话了。

刘濞死了之后,汉景帝把自己的儿子刘非安排在了吴国故地,封为江都王。觉着杀子仇人一定会造反,把亲儿子弄过去应该没错吧。长治久安,只有亲父子才能保证。

应该说汉景帝看人还是比较准的,刘非虽然还带着西汉初年皇子的那种骄横跋扈,但还是很虚心的。在当江都王时刘非知道董仲舒是个大儒,并能用儒家大礼匡正他的过错,不但没有为难董仲舒,而且对董仲舒非常敬重。刘非采纳江都相董仲舒提出的"独尊儒术"等一系列治国方略,不仅一改过去王室成员之狂妄骄奢、图谋不轨,还尽守臣职、忠君效祖。汉武帝元朔元年(前128年)十二月,刘非病故,终年四十一岁。刘非前后当了二十七年的江都王,扬州也在"七国之乱"之后迎来了长久的发展。值得一提的是,董仲舒为江都王相国时,大力推崇儒学,使得本来民风彪悍,动不动就操家伙解决问题的群众开始获得文治教化。扬州人开始彬彬有礼起来。为了纪念董仲舒,当时人把今天扬州市江都区下面的一个乡镇命名为"正谊镇",便是纪念董仲舒"夫仁人者,正其谊不谋其利,明其道不计其功"的思想。

但是好景不长,刘非死了之后,其儿子刘建承袭了江都王的封号。史籍记载,这位二代江都王十分荒唐,自己老爹去世,丧事还没办完,就和老爹的妃子们搞在了一块,并且和自己同父异母的妹妹有染。到后来,宫女宠妾凡有过错的,就会被他施以各种酷刑。

国人对他意见很大,刘建自己也很害怕,多次表示要起兵谋反,不想被人干掉,但是最后密谋谋反事泄,刘建被杀,江都国的封地也被废除,成为汉朝廷直管的一个普通的郡,广陵城也告别了前后八十年的诸侯国国都时代,发展的速度开始变缓。

个人认为,从吴王刘濞被封到吴国开始,到江都王刘建被杀国除,这八十年间是扬州城历史上繁华的最高峰,应该是超过了后世我们所熟知的清朝盐商时期。原因其实也不难理解，因为从扬州建城到今天，这是唯一的一段没有战乱，且不处于郡县制管理之下的时期。

没有战乱好理解，为什么实行郡县制之后扬州的发展就会受到制约呢？那是因为在郡县制时代，作为帝国整体的一环，扬州要承担财政转移的重担，这个情况在隋、唐、宋时期尤为突出，有"唐宋繁华，实仰东南"之说。而刘濞的时代，扬州是独立性强的诸侯国国都，自己挣钱自己花，花不完的还搞大撒币，应该是扬州经济高峰点了。只不过这个时代离我们太过久远，不像后世的明清那样有大量的诗词歌赋和艺术品留存。我也只能从对史料的逻辑推演中，大概领略到那个时代扬州的富庶景象，这不能不说是一种遗憾。

这其实是历史发展的必然。因为皇权在上，官员代理的治理制度是中国当时的发展方向，虽然在西汉时期短暂地开过邦国制的倒车，但是秦朝开辟的郡县制成为天下的主流。在江都国被中央收回后不久，汉武帝发布了历史上有名的"推恩令"，将诸侯的封国在诸侯去世之后分给他们的后代，这样一来，大国变小国，小国变弱国，然后再找各种借口注销他们的户口。西汉在汉武帝时期，完成了从邦国制到郡县制的改造，广陵从此远离了西汉的政治中心。只有奔腾的上官运盐河流淌着广陵城繁华的梦想。

我们再回到历史现场,这位吴王和春秋时期的吴王很可能有着不一样的心路历程。吴王夫差是真的有雄心壮志,想和中原大国掰一掰手腕,虽然最后被勾践捅了刀子,但是也轰轰烈烈了一阵子。而吴王刘濞几乎是给逼反的,虽然历代史家都描述刘濞早就脑后长反骨,一开始就是叛徒,但是从逻辑上看,这几乎是说不通的,因为吴王刘濞谋反的时候已经六十多岁了,早就过了造反的"黄金年龄"。要知道,刘邦当皇帝的时候就不停地在平叛,刘邦死了之后西汉又度过了吕后执政的八年混乱期,这个时期西汉中央政府北有匈奴的强大国防压力,内有刘、吕两家内斗,刘濞此时又处于年富力强的壮年时期,可谓造反的"黄金年代"。但是刘濞此时没有实质性的举动,反而等到汉景帝时期自己六十多了才起兵造反,只能说明刘濞原本根本没有造反的想法,他是被逼反的。

被逼反的理由,绝对不是自己的儿子被当年还是太子的汉景帝误杀,而是中央集权和地方诸侯产生了不可调和的矛盾,这种矛盾属于结构性的矛盾,和当事人的道德和品行毫无关系。事实上,在往后的数千年间,中央政府和地方势力的博弈横亘了整个中国帝制时期,地方势力的名称从诸侯到藩镇,再到藩王和团练使,都是中央政府的肘腋之患,只要政局不稳,地方势力就会抬头,双方兵戎相见不可避免。这个和你想反不想反一点关系都没有。而刘濞没有预见到这一点，才有了后来"七国之乱"的外强中干，身死国灭。

  蜀冈制高点是江淮地区的防守重心，而江淮地区又是长江江防的重中之重，在中国战略棋盘上是绝不能被忽略的一点。梦想脱胎于现实，但是同时，梦想也会夭折于现实。刘濞和夫差的前车之鉴也警示了后来的梦想者，那就是，想要实现个人梦想的人都要事先想好，要分庭抗礼，还是要天下归一，前者如过江之鲫，比如杨行密和刘裕，而后者也如恒河沙数，比如张纲和陈登。

第四章 忠诚卫士

有了西汉时期刘濞和刘非等人打下的底子，广陵在两汉时期得到了长足的发展，特别是一系列农业的科技革新，带动了以广陵为中心的江淮地区的经济发展，给老百姓带来了实际利益，同时也带来了灾难。由于经济发达，贪婪残暴的官吏加重盘剥，百姓忍无可忍，终于在东汉末年爆发了数次大规模的农民起义。广陵和广陵郡虽然是汉帝国直接管辖的郡县，但是中央去治理的官员别谈管辖了，保住自己的脑袋都是问题。那个年头把官员外派到广陵这样的地方做官，往往有借刀杀人的意思。

比如东汉时期有一个叫作张纲的官员，年纪轻轻就到中央做官。他人如其名，为人很刚，看不惯官场的黑暗。有一次他领到了一个差事，就是作为巡视员到洛阳周边视察，发现问题回来汇报。张纲明白问题根本不在下面，而是中央已经烂得不行了。他离京出巡到洛阳近郊都亭时，就把坐的车子给拆掉就地埋了，激昂宣称："豺狼当道，安问狐狸?!"然后就回洛阳，写奏章弹劾著名的外戚——有"跋扈将军"之称的梁冀。梁冀这人很厉害，前一个小皇帝说他是跋扈将军，他转身就把小皇帝给毒死了。如此心狠手辣的人岂能放过张纲？于是他大笔一挥，你去广陵当太守吧。言下之意就是让当地作乱的刁民收拾张纲。当时广陵的所谓刁民武德充沛，战斗力极强，《后汉书》记载："杀刺史，两千石，寇乱扬徐间，积十余年，朝廷不能讨。"连俸禄两千石的刺史这样的高官都被暴民杀了，在这地方连最高行政长官都人头不保。

到广陵后，张纲汲取以往那些太守专凭武力，把事情越办越僵的教训，采取安抚之法，亲自率领郡吏十余人到贼人的营垒。起初，贼人以为张纲是来"套路"他们的，门外一定有埋伏，不敢出门，但是后来打探到张纲只带了十多个随从来，于是放下戒心，开城迎接。其实这群人也不是铁了心要和朝廷作对，实属无奈，官逼民反而已，他们也想寻求和政府直接沟通的渠道。双方坐下之后，张纲好言相劝，不摆官架子,进一步取得了乱民的好感,并且了解到这些人作乱的原因。张纲开诚布公地对他们说道:"前后二千石多肆贪暴,故致公等怀愤相聚。二千石信有罪矣……"能够直言官员之过,这份坦诚放在今天也是不多见的。这些乱民也就归顺了,扬州地区的民乱就此平息。

当然,光安抚是没有用的,得让他们有活儿干,吃饱饭,才能彻底解决问题。张纲发动百姓在广陵县东三十里的东陵村开渠,引岱石湖水灌溉了大片农田。通过这一系列措施,当地的生产力得到了发展。张纲在广陵的政绩很快传入了皇帝的耳中,皇帝本欲提拔、嘉奖张纲,梁冀从中作梗,使嘉奖不成。并且当时广陵百姓强烈挽留,希望张纲继续留在广陵当太守,他便留在了广陵,任职一年之后去世。张纲去世之后,广陵"百姓老幼相携,诣府赴哀者不可胜数"。并且将他开渠的地方以他的名字命名纪念,就是今天扬州市江都区的张纲镇。这位在广陵前后只当了一年太守的人,就这样在扬州留下了自己的名字。

在政治黑暗的东汉,张纲没有选择独善其身,消极避世,也没有选择趁乱起事,攫取利益,而是怀抱着"兼济天下"的梦想为官。他公开开罪梁冀,希望还朝廷一片清明;面对被压迫的贫苦百姓,他则站在百姓的立场上思考问题,采用安抚之法平定叛乱。在广陵当太守期间,他劝课农桑、兴修水利,虽然三十六岁便英年早逝,但其英名足以和前面的二位吴王并列,闪耀在扬州历史的天空之中。

比张纲更有名的是陈登。陈登,字元龙。《三国演义》中有这位仁兄出场,曹操下邳之战打败吕布,吕布殒命白门楼之战就是陈登给曹操出的主意。除了《三国演义》,陈登还在中国诗词史上留下了自己的名字,南宋大词人辛弃疾在其名作《水龙吟·登建康赏心亭》中提到"求田问舍,怕应羞见,刘郎才气",即是和陈登有关的一个典故。

《三国志·魏书·陈登传》记载,一个名叫许汜的读书人向刘备发牢骚,说陈登这个人太过于目中无人,对自己不理不睬的。刘备知道这个许汜的德行,读书人不好好读书,也不关心天下大事,天天就晓得买房买地置办房产,聊天都聊房价地价,俗得一塌糊涂。于是刘备正告这个许汜,说陈登陈元龙只是对阁下不理不睬,已经是太客气了,要是换了我,我让你坐在地上。

虽然这是刘备和许汜的对话,但是能从侧面看出陈登的志向,后人也用"元龙豪气"作为典故来形容人胸有大志。

陈登的时代比张纲的时代更加混乱,已经到了东汉的最后岁月,地方割据势力开始抬头,各个州的州牧或者刺史已经和西汉初年的诸侯王差不多了。有点想法的人要点脸的学曹操,挟天子以令诸侯还羞答答地说"若天命在吾,吾愿为周文王";简单粗暴的直接就撸起袖子干了,比如袁术干脆以为玉玺在手,天下我有,直接在淮南地区称帝。就在这么一个混乱的时代,陈登以身为汉臣为个人坚守,无割据坐断之心,这在当时的有为之士中是不多见的。很多人只知道曹操的谋臣荀彧生食汉禄,死为汉臣,而这位陈登,也是如此。

在陈登担任广陵太守期间,江东孙氏已经颇具规模,那位自称"决机于两阵之间,与天下争衡"的小霸王孙策四处扩张自己的领土。孙策一生英勇善战,从长江头打到长江尾,很少遇到对手,但是就在陈登的手上数次吃瘪。陈登守住了广陵到盐城射阳一带的江淮防线,为曹魏占据淮南打下了良好基础。

难能可贵的是,陈登上马能打仗,下马能主政。在东汉末年天下大乱的大背景下,广陵居然在其治下有了一段平稳发展的时期。陈登在广陵最大的贡献就是重修了吴王夫差所开凿的邗沟。

在春秋时代生产力不发达的情况下,邗沟旧道考虑的是较多地利用江淮之间的自然水道,以简单的人工水渠相串联,因此最初的邗沟运道曲折迂回,绕了很多路。比如,为了利用邗城以北自然形成的樊良湖和射阳湖,邗沟运道出邗城后并没有一直往北,而是向东北绕行,从今天的江都宜陵再折向西北,然后经夹耶到淮安的末口进入淮河,等于是往东绕了一个弓形。可以想象,春秋时邗沟这一张"旧船票",已经无法登上东汉这一艘新的"客轮"了,河道常常淤塞不通,运力大为下降。

再往后发展,群雄逐鹿,大浪淘沙,曹操搞定了青州和徐州,广陵的战略位置就更加重要:对北方的曹操而言,拥有蜀冈的广陵是攻略长江的出发阵地;对南方的孙吴而言,广陵是觊觎淮河流域的桥头堡。加上双方在长江中游的襄樊、合肥等地长期拉锯毫无进展,不免将目光投到了江淮地区。陈登经过深入实地调研和精心研究后,决定开凿新的邗沟,以改变当时江淮之间水路不通畅的状况。陈登与部下规划了新邗沟的线路,自高邮湖北口,经津湖,开凿白马湖,北至末口入淮。确定了计划后,他立即下令调集民夫,开挖新的邗沟运道。由于陈登在广陵深得民心,他开挖邗沟的决定得到了老百姓的衷心拥护,全郡上下有人的出人,有钱的出钱,掀起了一股修筑运河的热潮。半年时间,新的邗沟运道就出现在江淮之间。陈登所改的这条运道,走的是西线,相对于向东迂回的春秋邗沟,这条运道被称为邗沟西道,也是今天的淮扬运河主要航道。总而言之，陈登为邗沟做了个类似后世京杭大运河裁弯取直的工程。邗沟西道的贯通，连接了江淮和中原地区，终三国时代，江淮地区牢牢掌握在北方政权手中。

邗沟西道的意义对于广陵这座小城而言，还远不止于此。由于脱离了春秋邗沟的供水体系，邗沟西道需要寻找新的补充水源，于是陈登把目光投到了今天扬州市西边的仪征，在仪征市东北十五公里处蜀冈南麓，建立了一个重要的水利枢纽，具体位置在仪征市新城镇周营村龙堰组及塘田组，被称为陈公塘。这里是蜀冈脚下，每年雨季的时候都会暴发山洪，旱季缺水，严重影响了农业灌溉。经过陈登的建设，陈公塘沿山挖有三十六汊，引蓄山水，并有斗门、石垯各一座。塘建成后灌溉周围大量农田，并可放水入河，提高运河水位，便利漕运。这个集灌溉、防洪和引水三大功能为一体的陈公塘，一直用到了一千四百年后的明朝嘉靖年间，遗址现在依旧有大段遗存。陈登在广陵的政绩有目共睹。可惜天不假年，陈登三十九岁就逝世了，和之前提到过的张纲一样，都是在年富力强时、在广陵建设的高潮期撒手人寰，这是扬州城的千年之遗憾。

陈登为广陵太守的这段时间，是西汉歌吹沸天之后扬州发展的第二个高峰。这个高峰不仅仅体现在民生上，而且体现在战略上。东汉末年是后来五胡十六国魏晋南北朝长达三百多年南北分治的前夜，在中国以长江为基准线划江而治的历史大背景下，扬州和其所在的淮南地区的战略地位开始显现。这个战略地位也催生了以后扬州的梦想者们必须回答的一个问题，那就是向北走还是向南走——是把扬州作为北上逐鹿的跳板，还是作为南下偏安的屏障。这个问题将会成为未来的一千五百多年中绕不开的问题。可能作为捍卫者的陈登也没有想到，他本意是把广陵建设成维护国家大一统、讨伐江南乱民的坚强堡垒，结果却是，扬州很多时候成为被讨伐的。陈登若是泉下有知，可能也会一阵苦笑吧。

第五章 江东一体

三国归一之后，经过短暂的大一统的西晋时期，五胡十六国的乱世很快来临，以匈奴为首的五个少数民族先后在中国北方建立了五个短命的政权，把中国北方打成了一锅粥，而在中国的南方，晋王朝衣冠南渡，建立东晋王朝，获得了难得的喘息机会。

在这样的大背景下，长达将近三个世纪的南北对峙拉开了大幕。在南北对峙的前期，由于中原大乱，中国北方陷入了长期的无序之中，大量人口迁移至江淮地区，扬州作为南北对峙的缓冲地带一度成为一座容纳难民的城市。

在这个时期，扬州并不孤立，经过西晋短暂的统一和东晋长期稳定的经营，扬州和长江对岸的镇江形成了一个类似于今天双子城的体系，江东一体的战略格局就此形成。东晋对这对双子城十分重视，"置青州于广陵，置兖州于镇江"。这里说明一下什么叫置青州、兖州。所谓置青州、兖州，就是把当时陷落北方故土的州郡迁至新地，青州来的难民就去广陵，兖州来的难民就去镇江，一方面能够鼓舞不忘故土的精神，另一方面也方便管理。青州、兖州是当时山东的大州，人口南下拥入广陵，广陵市容一时看起来繁盛。

之所以用"看起来"三个字，是因为这个时期广陵是南北对峙的前线，整个城市成了一座大兵营。千里江防，要点无非襄樊和淮南两点，作为淮南阵眼的镇江、广陵自然戒备森严，兵甲严密。

耐人寻味的是，东晋作为一个名义上的统一政权，权力却没有在皇帝手里，司马睿五马渡江化龙称帝建立东晋的一开始便有了"王与马，共天下"的说法。实际上，东晋王朝的权力集中在了以王、谢、桓、庾为首的大家族手中。

有个故事能让人直观地感受到东晋皇帝的憋屈。《世说新语》记载，有一次司马睿的女婿，也就是驸马，想要参加王家的聚会，结果吃了闭门羹，哭着进了皇宫找司马睿哭诉，想让皇帝帮他找回面子，结果反而遭到了司马睿的训斥："朕这个皇帝都是王家扶上来的,你没事去人家家自讨没趣干吗?"

在这样的大背景下,广陵的管理者们就难以保证政治上的可靠,甚至可以说,花心思经营广陵的,可以算是野心家了。这些野心家无一例外都以"北伐"为借口,原因也很简单,北伐能给他们带来最大的政治资本,而想要北伐,必须大力经营广陵。

这些野心家中最有个性的,当数四大家族之一的桓家的桓温。

桓温此人,用今天的价值观来衡量,三观很不正,很有些为了博出位不择手段的意思。

《晋书·列传六十八》记载了这么一个故事:大司马桓温专揽朝政,南征北战,立下不少战功。他位高权重,野心萌发,一次躺在床上说:"为尔寂寂,将为文景所笑。"亲信们不敢吭声。他从床上坐起接着说:"既不能流芳后世,不足复遗臭万载邪?"这也是典故"流芳百世""遗臭万年"的由来,桓温此人,可想而知。

担任徐州刺史是桓温崛起于东晋政坛的重要标志。徐州刺史的驻地即在京口,管辖京口和广陵两个战略要地。广陵与京口同为流民聚集地,这两个长江下游的重镇虽处于同一军事防区,但承担着不同的军事职能。就卫戍京师而言,京口优于广陵；就对北形势而言，广陵优于京口。在桓温主持的时代，战略格局呈现守京口、屯广陵的态势。

对于想干大事的桓温来说，广陵优于京口。而他也是这么做的，他曾率兵西平巴蜀，消灭十六国中的成汉政权。又三次北伐：第一次北伐入关中，进至长安附近；第二次北伐收复洛阳、修缮皇陵；第三次北伐攻前燕，收复淮北大部。桓温功绩显赫，是东晋军队的主心骨。

但同时也必须承认，桓温北伐绝不完全是为了收复北方故土，在长安和洛阳两过故都而不入已经说明了他的野心：北伐收复故都是假，以此要挟敲诈皇帝是真。他的心思和司马昭之心一样，路人皆知，平时也不注意避嫌，也不掩藏自己的野心，就差把"我要当皇帝"写在脸上了。

但是桓温最终未能重温曹操、司马昭的旧梦，这是因为当时有一个人挡住了他的路，这个人就是大名鼎鼎的谢安。他和桓温有一次可以载入史册的"双雄会"，可以看到谢安其人的风采。

桓温北伐本想"立功河朔以收时望，还受九锡"，但是在长安城下遭到惨败。为了重新建立自己的威信，他想到了废立皇帝这一招。当时的东晋皇帝是简文帝，桓温想要废掉简文帝，另立新君，但是人算不如天算，桓温在外征战的时候简文帝去世了，谢安等士族乘桓温不在建康之机，迅速将年仅十来岁的孝武帝扶上了皇位，摧毁了桓温心中的一丝梦想。桓温回建康后，他认为是王、谢等人从中作梗，准备学司马懿，搞一场高平陵事变 2.0 版本。桓温"伏甲设馔，广延朝士"，把谢安找来问话，而谢安则表现出过人的胆识，赴约之前对劝告他不要去的友人说："晋祚存亡，在此一行。"他在和桓温对话的过程中从容镇定，对答如流，有理有据。谢安的从容镇定折服了桓温，也可能是让桓温怀疑谢安有后手，反正桓温从此放弃了篡位的想法，不久之后就去世了。谢安与桓温的斗争，对稳定江东社会有重要意义。

桓温去世之后，谢安接手了广陵和京口这对双子城的防务，并且在著名的淝水之战中大败前秦大军，书写了一段谈笑间樯橹灰飞烟灭的传奇。由于淝水之战的胜利，长江防线的国防压力骤然减轻，于是谢安计划在广陵城北再造新城，将阵地推到更北的地方。在经过多方考察之后，谢安将目光投向了一个地方。

这个地方叫作甘棠镇，就是今天扬州市江都区邵伯镇。

甘棠位于广陵城东北三十公里处，是邗沟沿线的一个镇，西边靠着高邮湖，是今天扬州东部七河八岛的枢纽地带，和广陵沿着高邮湖、白马湖等自然湖泊一左一右，如同一扇大门上的两个铺首,和广陵形成了类似于广陵-京口的双子城布局。谢安在甘棠筑垒,建筑新城,以巩固淮南防务。

在当时,拱卫一处地方最好的方式便是屯田,将军事民生本地化,深刻捆绑,田屯到哪里,战线就可以推到哪里,并且屯田的都是军人,自给自足,打仗、生产两不误。

想要屯田,必然要解决灌溉问题。甘棠西北都是大湖,今天称为高邮湖,地势西高东低,旱涝频繁交替不休,庄稼连年歉收,当地老百姓都吃不饱,更别提驻军了。谢安了解情况后便组织人手在甘棠以北二十里处筑起拦水大堤,时称"埭",随时蓄泄,高下两利。平心而论,谢安主政广陵期间为政的出发点是军事,军屯御敌是其主政核心,并没有过多关注民生,似乎和爱民的父母官形象不同,但是军事举措客观上解决了民生实际问题,当地从此成了鱼米之乡,可见说得好不如做得好,做得好的人才能赢得百姓的口碑。《诗经》有云:"蔽芾甘棠,勿剪勿伐,召伯所茇。蔽芾甘棠,勿剪勿败,召伯所憩。蔽芾甘棠,勿剪勿拜,召伯所说。"后人把谢安比作西周召公,称埭为邵伯埭,称湖为邵伯湖,称甘棠为邵伯镇。邵伯埭一直用到北宋仁宗年间才被废除,今天邵伯埭的原址上是现代化的邵伯船闸,依旧起到了分水通行的作用。站在船闸高处,邵伯湖、高水河、运河三道水线水天相接,来往船只汽笛不绝,别有一番风采。

谢安主政广陵没多久就去世了。自从东汉的张纲以来,广陵地区造福百姓的主官好像普遍寿命不长,这不得不说是广陵的一种遗憾。谢安的去世对于东晋王朝更是一种遗憾,因为谢安这样忠心于东晋王朝的臣子如同秋天的叶子,越来越少,而桓温这样的野心家则如同夏天的蚊子,越来越多。终于在谢安去世不到三十年后,另一个野心家便在同一个地方演了同一出活剧,带来了不同的历史结局。

第六章 倚天屠龙

在东晋时期,中国北方被称为五胡十六国时代,各个少数民族在北方你来我往,很多都建立了自己的政权,而在历史研究中,把建立过几乎统一的北方政权的五个少数民族命名为"五胡"。到了谢安的时代,北方的统治政权是氐人建立的前秦,前秦国力强大,给偏安的东晋造成了极大的国防压力。

这时候谢安的侄子谢玄任建武将军、兖州刺史,领广陵相,监江北诸军事,镇广陵,招募劲勇流民入伍。谢玄和北方的前秦在江淮打了几仗,击败了前秦对江淮的觊觎,并且在著名的淝水之战中把前秦打得彻底解体。谢玄因功加封徐州刺史,把镇所从广陵迁到了京口。京口在当时被称为"北府",这一支劲旅又被称为"北府军",在巩固国防和平定叛乱中起到了十分重要的作用。

只不过屠龙的少年最终也会成为恶龙,北府军也会慢慢从国家力量变成尾大不掉的边患。如果首领是谢安、谢玄这样忠于晋室的忠臣那还可以,但是如果像桓温这样的野心家掌了兵权,那后果简直就是不敢想象。但是在当时北方巨大的军事压力面前,万事只能顾眼前,以后会有什么不利之处,便不太能顾得上了。

这不利的一刻,终究来临了。

千古江山,英雄无觅,孙仲谋处。舞榭歌台,风流总被,雨打风吹去。斜阳草树,寻常巷陌,人道寄奴曾住。

——辛弃疾《永遇乐·京口北固亭怀古》

这一位"寄奴"就是本章的主角,南朝宋开国之君——宋武帝刘裕。

寄奴是刘裕的小名,从这个小名来看,刘裕出身十分贫寒。事实上也是如此,刘裕是彭城人,彭城也就是今天的徐州。刘裕人生前几十年的经历没有正史能够记载,从零星的记载来看,刘裕是个以砍柴、种地、卖草鞋为生的普通人,有一膀子力气,喜欢酒色和赌博。

徐州人,喜欢酒色,还赌博,这不禁让人想到另一位姓刘的人士;又卖草席、草鞋,这又和一位姓刘的人士重合上了。有先汉高祖、昭烈帝两位大佬的影子的刘裕,似乎注定要成就一番大事业,缺少的无非就是人生的机会。

加入北府军,就是刘裕的机会。刘裕什么时候参的军已经无迹可考,只能确定加入北府军并且获得战功的时候他已经三十六岁了。之前三十六年的人生,刘裕在南北拉锯的缓冲地段生活,见得多的是兵荒马乱,看得少的是忠孝节义。在这样的环境中成长起来的军人,很难对当时的朝廷有什么归属感。随着东征西讨四处平叛,刘裕战功越积越多,成为北府军后期的得力将领。

在当时,刘裕的北面出现了一个鲜卑慕容氏建立的政权——南燕。五胡十六国中有好几个国家叫燕国,历史学为了区分,分别命名为前燕、后燕、南燕、北燕。这几个燕国除了北燕是高丽人建立的,其余几个燕国都是鲜卑慕容氏建立的,就是金庸小说《天龙八部》中慕容复父子的祖宗们。

慕容复心心念念要复的国,是这几个燕中曾经"威震河朔"的前燕。前燕以华北为中心,强盛一时,最后还是在大浪淘沙的竞争中败下阵来,但是他们不甘心退出历史舞台,继续以"燕"为国号建立政权。

这个南燕便是鲜卑慕容燕国最后的一个政权,已经是王小二过年——一年不如一年,虽然国力不行,但是还是占据了以山东兖州为中心的一大块地盘,和东晋的广陵-京口双子城国防圈几乎毗邻,是对东晋江淮东部威胁最大的北方政权。

409年,南燕皇帝慕容超发兵南下,侵略今天的宿迁地区,掳走百姓两千五百多人。这就是没事找事,非收拾不可了。于是刘裕从建康誓师,沿着长江到达广陵,再从广陵北上到达淮河,再从淮河到达泗水,这一条由江入淮的水路,自从公元前486年夫差北上争霸之后,再一次用于大规模军事行动。

刘裕这次北上到底是不是从陈登开凿的邗沟西道进军,史籍上的记载语焉不详。"……帅舟师自淮入泗。五月,至下邳,留船舰、辎重,步进至琅邪。所过皆筑城,留兵守之。"从史料可以看出,刘裕从建康出发,是随船带了给养的,一直到今天徐州的邳县才上岸。数十万大军还带着辎重粮草,船队规模可想而知。在当时,除了邗沟西道,江淮之间没有第二条水道有这样的运载能力。有一个细节耐人寻味,刘裕是当年农历四月十一日从建康出发,到了五月份,不到一个月时间,带着辎重粮草的大军就到达了邳县,行军速度在当时而言非常快,还把沿路补充补给考虑进去,当时邗沟的运载能力可见一斑,这是邗沟战略价值的直观体现,也是广陵作为战略要点的价值所在。

现在已经无从稽考刘裕的大军路过广陵时发生了什么,见到了怎样的场面。作为江北军镇的广陵,本身深受南北拉锯之苦,逃难而来的军士们无时无刻不想念着故土,看着这支正要北定中原故土的军队,心里的激动可想而知。在我的想象中,刘裕甚至在广陵停留了几天,垒城开河,盘桓了几天才开拔。

到达邳县之后,刘裕下令下船,率领军队连夜奔袭,一举攻下琅琊(今山东临沂),再一路北上,和南燕的主力决战于临朐(今山东潍坊临朐),花了一天的工夫取得了胜利,击溃了南燕的主力部队,随后马不停蹄地围攻南燕首都广固(今山东青州)。南燕皇帝慕容超率数十骑突围而走,被晋军追获,送至建康斩首,南燕亡。从409年五月下船进军,到410年的二月攻破广固,大半年,三场大规模的决战,就灭亡了一个国家。这里面南燕的战略失误先不说,从东晋的角度来看,一方面说明了刘裕的善战,另一方面也从侧面说明了邗沟-广陵-京口这一条补给线的运载能力超强。

南燕灭亡后的几年，刘裕再一次发动了北伐。这一次依旧是快刀斩乱麻，刘裕在一年之内就北上打下了洛阳以及长安，俘虏了十六国之一后秦的君主姚泓，并且把姚泓送到建康斩首。

这时候的东晋，已经不是一百年前衣冠南渡、落荒而逃的东晋了，国境线从长江一带一直推到黄河一带，现在的甘肃、河南、山东当时都处于其实际控制范围之内。叫它南朝是委屈了人家，也就是比后来的北宋小一点而已。

这时候的东晋，已经不是一百年前世家大族风骨盎然的东晋了，"旧时王谢堂前燕"的传说已经远去，贵族已经在国家的高层政治中靠边站了，崛起的就是刘裕这样出身寒门、手握兵权的大军阀。

刘裕这样的大军阀，放眼中国历史都极为罕见，哪怕是藩镇割据、军阀混战的唐朝，都没有人比他更善战。他在长江的川蜀上游、荆襄中游、淮南下游成功发动过三次北伐，把国家实际控制线从长江推到黄河，这份成绩，就算岳飞不被十二道金牌召回，也不能打包票说一定能完成。耗子腰里别杆枪尚且要起打猫的主意，臣子做到这个份儿上不起做皇帝的心思那才是怪事。

巨大的军功,使刘裕在朝廷的地位显赫无比。打下长安的第二年,刘裕"被迫"同意接受相国、总百揆、扬州牧的官衔,以十郡建"宋国",受封为宋公,并受九锡殊礼。刘裕指派中书侍郎王韶之缢杀晋安帝,立其弟——琅邪王司马德文为帝,即晋恭帝。又过了一年,刘裕晋爵为宋王,宋国又增加十郡食邑。同年末,刘裕又获加皇帝规格的十二旒冕、天子旌旗等一系列殊礼。转年,也就是420年,刘裕代晋称帝,降封司马德文为零陵王,东晋灭亡。他改国号为宋,改元永初,史称其建立的政权为"南朝宋""刘宋"。当了皇帝的刘裕反手就把司马德文给干掉了。本章的标题叫作《倚天屠龙》,说的就是刘裕这段历史事实。刘裕一生中颠覆了南燕、后秦、东晋三个正统国家政权,杀掉了南燕末代皇帝慕容超,后秦末代皇帝姚泓,东晋最后两个皇帝晋安帝、晋恭帝,干掉皇帝的数量在中国历史上排名第一,所以笔者用金庸小说中的"倚天屠龙"来称呼这位宋武帝。

这位宋武帝,军旅生活在京口,皇帝生涯在金陵,但是可以推测的是,他在发迹之前,在广陵或多或少活动过,甚至可以推测,他在广陵参与过谢安、谢玄叔侄两人的军事防备行动。从家乡徐州到军营镇江,再到帝都金陵,刘裕的无上武功很难说和他的野心毫无关联。不仅仅和他的野心有关联,而且和东晋南渡以后经营广陵-京口双子城的历代北伐者们都息息相关。野心和梦想在隔江双城交汇，奏响了东晋一百年来的北伐之歌，也奏响了南朝一百年来的挽歌。

第七章 南朝往事

随着倚天屠龙的刘裕以平民草芥的身份推翻东晋,建立南朝第一个王朝刘宋,历史就从魏晋过渡到了南北朝。虽然我们今天常常把魏晋南北朝合起来统称,但是这两个历史时段差别还是很大的,其中最为显著的一点就是南北力量发生了逆转:五胡不如东晋,南朝难敌北朝。

刘裕虽然一辈子武德充沛,打仗运很好,但当皇帝命却不长,做了三年的皇帝就撒手人寰。之后刘宋的皇帝可以说一代不如一代,内政不行,外战疲软。而北方已经崛起了一个强大的政权——北魏。北魏是鲜卑族人建立的政权,和之前提到的燕国是同宗,只不过燕国是鲜卑慕容氏,北魏是鲜卑拓跋氏。北魏和刘宋形成了两个政权南北对峙，拉开了南北朝的大幕。

刘裕死后，北魏对刘宋的边境造成了极大的压力，广陵再一次成为国防的重心，刘宋将皇室宗亲派到广陵去驻守。但是历史也证明了，在广陵主政一方的除了张纲、谢安这样的少数梦想者，多数是刘濞、刘裕这样的野心家，不是野心家也会成为野心家。

刘裕的孙子刘诞就是这个时候主政广陵的宗室，也是当时正儿八经的广陵王。刘诞是刘裕的孙子辈中遗传爷爷最多的，很能打仗，在元嘉年间的北伐中，刘诞是唯一一个取得胜利的刘宋将领。这一次北伐被辛弃疾以诗词的形式定格下来，"元嘉草草，封狼居胥，赢得仓皇北顾"，寥寥十几字将元嘉北伐的惨景用写意的方式传达到了今天，在这样的惨败中能取得战果，刘诞也真是刘裕的好孙子。

刘诞当广陵王的时候只有十一岁，属于皇室到了年龄按照规章制度被封了一个王，一般这样的王爷都是只知享乐的废物，但是这位广陵王南征北战，立下了不少战功。除了在元嘉北伐中一枝独秀，他还在父亲宋文帝刘义隆被杀后起兵勤王，拥立同父异母兄刘骏为孝武帝，立下汗马功劳，被授为侍中、开府仪同三司、扬州刺史，改封竟陵王。此时的刘诞也不到二十，天才将星光照耀眼。

光照耀眼的刘诞让孝武帝不忍直视，功高震主不可避免，加上又外放执掌兵权，西汉初年刘邦、刘濞的故事就不可避免又要上演一遍了。其过程和结局了无新意，刘诞在广陵兵败被杀，一代名将就此陨落在广陵城中。民国史家蔡东藩对刘诞十分同情，借用《左传》中"郑伯克段于鄢"的故事发表了自己的看法："宋竟陵王诞，罪不若段，而宋主骏之惨刻，则过于郑庄，诞之反，实宋主骏激成之，雀鼠哀生，情殊可悯。"意思是，刘诞和《左传》中郑庄公的弟弟段比远没有段那么过分，孝武帝刘骏做得太过了，生生逼死了这个军事天才弟弟，这件事孝武帝要负主要责任。

但是我认为，孝武帝也不应该负主要责任，家天下的帝国制度下，功高震主，劳厚而不赏，表面上是人性的丑陋，实际上却是制度的硬伤，如同旧社会把人变成了鬼一样，这种制度也会把忠臣逼成反贼。扬州乃江淮要冲，南北分治时代的军事重镇，镇守者必有大功，大功必定震主，震主后不反也得反。很多历史学家认为，扬州在南北朝时期荒芜，是因为地处南北拉锯的中间地带，但是如果我们往更深层探究，实际上是因为极权政治的硬伤。梦想者是自由的，但是他们并没有得到真正的自由。

刘裕打下的地盘在继承者们的内斗和外部的压力中逐渐缩水,广陵也越来越成为靠前的前线,到了南朝第三个王朝梁的时候,南方政权的地盘已经萎缩严重,淮河逐渐成为南北的界河。在这样严峻的国防压力下,梁朝那位"著名"的写下"南朝四百八十寺,多少楼台烟雨中"的梁武帝萧衍依旧醉心佛法,靡费民力,最终在晚年酿成侯景之乱,自己饿死在了台城。

这是属于南京的传奇故事,我们不去详细说它,单说这个事件的意义。侯景之乱是南北形势彻底逆转的转折点,在侯景之乱之后,南方就注定无力回天,只等北方结束内乱,发动统一中国的军事行动,国家统一的曙光也因此点亮。

其中一个显著的标志便是,从东晋起建立了两百多年的广陵-京口双子城体系陷入崩溃,侯景作乱之时,梁朝的国防力量都向建康聚集,导致长江防线空虚,广陵被北方的北齐夺取。后来取代梁朝的陈朝也曾经出兵北伐,但是始终没有完全夺回广陵的控制权。

在今天扬州市区北端,隋朝江都宫旧址之外,有一个传说的地名,叫作吴公台。不过你若是问老扬州人,大多数也只是听过这个名字,但是地点具体在哪儿无人知晓。这吴公台更多的是在文学作品中出名,白居易在大名鼎鼎的《隋堤柳》中便有咏叹:"土坟数尺何处葬?吴公台下多悲风。"吴公台是一个人工垒砌的高台,具体位置在南北朝时期广陵城的城外,是南朝宋时期为攻打刘诞而堆砌的弩台,本质上是一处人造的火力制高点,弓弩手登台居高临下向城内发射箭矢。据史料,自从刘宋以来,这处人造高台起码用在四次战争中,这就说明广陵城有过起码四次的围城战,其中最有名的就是陈朝名将吴明彻进攻北齐占领下的广陵。吴明彻进攻时将此高台垒高并且加固,于是这座实质上的进攻的桥头堡就有了"吴公台"这么一个文绉绉的称呼,且被刻在了历史之中,被历代文人墨客屡屡提起,一时让人忘了这其实是个军事设施。

吴公台作为南朝时期广陵的一个缩影,承受着拉锯战乱之苦,那位追忆西汉刘濞时代"歌吹沸天"的文学家鲍照,就是这个时代的人。他在《芜城赋》中还留下了这样的句子:

灌莽杳而无际,丛薄纷其相依。通池既已夷,峻隅又以颓。直视千里外,唯见起黄埃。

一片杂草丛生,乱无章法,昔日巍峨的城墙、宽阔的护城河都不见踪影,一眼望去一片荒凉。

鲍照是南朝宋时期人，吴明彻是南朝陈时期人，吴明彻眼中的广陵城肯定比鲍照眼中的更加不堪，他浴血奋战，为荒凉的景色增加了一抹血红。但是具有黑色幽默色彩的是，他身后的陈朝和对面的北齐都成了明日黄花。陈朝是南朝时期最后一个王朝，长江都不完全是自己的，上游已经处在北朝的控制之下，灭亡只是一个时间问题，而对面的北齐和北周之间的北朝内战也将进入尾声，鲜卑化的汉族政权北齐不是汉族化的鲜卑政权北周的对手，很快就被北周灭掉。荒唐的是，北齐后主高纬在国灭之际只顾和宠妾冯淑妃颠鸾倒凤。晚唐诗人李商隐用两句"小怜玉体横陈夜，已报周师入晋阳"，将高纬的荒唐连同典故"玉体横陈"一起钉在了历史的画卷中。

高后主玉体横陈，陈后主隔江犹唱，南北朝最后一批退场的王朝的步调也都如此一致。这个时候，就需要用新鲜血液来荡涤这一切了。

第八章 天选王子

2013年在扬州市邗江区西湖镇曹庄一处房地产项目施工工地发现两座残存的隋末唐初砖室墓,西侧墓中出土一方墓志,铭文中有"隋故炀帝墓志"等字样。经过考古专家鉴定,这两座墓是隋炀帝杨广和皇后萧氏的合葬墓。至此,杨广墓葬之谜揭开,这一发现也入选了当年十大考古发现。

隋炀帝杨广发动十万民夫开凿大运河,下扬州赏琼花的传说人们耳熟能详,隋炀帝和扬州的缘分为扬州带来的改变是很重大的。

其实他和扬州的缘分,很早就开始了。那时候,他不叫隋炀帝,而叫晋王,我们暂且称呼他的本名——杨广。

在吴明彻略显笨拙地在今天平山堂旁边护城河附近垒台子往城里射箭之后没几年，北朝发生了翻天覆地的变化。首先是北周灭了北齐，随后北周内部发生动乱，皇帝的外公推翻了自己的外孙，自己当了皇帝，建国号为隋。这位皇帝的外公就是隋文帝杨坚。

杨坚建立隋朝之后，封自己的大儿子杨勇为太子，将其留在身边，封自己的二儿子杨广为晋王，将其派往山西。

对于杨广来说，在这一年，他经历了一件决定人生的大事——娶老婆。

杨广娶的老婆就是著名的萧皇后。这位萧皇后对杨广的影响是巨大的，以此间接推动了扬州的命运。

各种原因，用一个很有年代感的词来形容，叫作成分。

杨家是关陇贵族出身，世代在西北发展，经过了五胡十六国带来的民族融合已经或多或少胡化，成为鲜卑化的汉人。他们都有自己的鲜卑名，比如杨坚叫作普六茹·那罗延。关陇贵族之间世代通婚，比如杨坚的皇后独孤皇后也是传统关陇贵族。大家都是一个系统的，成分较为纯正。

而杨广是一个异类，萧皇后姓萧，是南朝梁皇室的后人。杨广的成分就和父亲、哥哥不一样了，他既是关陇勋贵的儿子，又是南方大族的女婿，成分变得复杂。

这种变化无疑适应了未来的潮流，因为隋朝的目标是天下一统，既然是天下一统，那么关陇勋贵集团必然要做到南北交融，成为一个胡汉混血、南北混血的新集团。而杨广一开始便顺应了这个潮流。所以不管杨广日后是否用阴谋手段夺去了皇位，客观事实是，杨广就是最适合当皇帝的人选。

隋朝建立之后，统一天下也就进入了议事日程。为了笼络人心，杨广被任命为扬州大总管，全面主持平陈战争。平陈战争不是本书的重点，不做赘述，关键是过程十分顺利，一年没到就灭了陈朝。为了防止江南分裂势力死灰复燃，隋朝对陈朝旧境的统治极为强硬。为了便于监控亡国君臣，隋朝将陈朝宗室和主要官僚贵族全部迁往关中，断绝了他们与故土的关系。

把人给迁走了，留下的城市就给平了。"建康城邑宫室，并平荡耕垦，更于石头置蒋州"，前后经营三百余年的六朝古都建康从此被夷为平地，变为农田，如此一来，作为扬州大总管的杨广就没法在南京坐镇东南了，于是，他选择了江北的广陵作为扬州大总管府。这一举措，改变了长期以来广陵、扬州不是一回事的状况。虽然在以后漫长的行政区划的划分中，扬州这个行政概念还会继续发生变化，但是从这个时候开始，扬州就是广陵。

杨广是怎么看待扬州大总管这个角色的呢？或者说，他对扬州有什么样的情感呢？

《隋书·郭衍传》泄露了天机。郭衍是杨广开府之后就跟着杨广的心腹，这个时候也跟着来到了扬州，他有一次就为杨广的未来做出了一个足以掉脑袋的规划："若所谋事果，自可为皇太子；如其不谐，亦须据淮海，复梁、陈之旧。"

这句话的意思就是：如果我们所谋的大事成功了，您就可以去当皇太子，最后君临天下；如果没搞定，我们也可以占据淮海地区，重回南北朝时期，大不了天下两分，划江而治嘛。

简而言之，叫作帝业不成有霸业，霸业不成有事业。

考虑到这一点，杨广开始大肆搜罗在新王朝行政体系中不得志的江南人士，充实扬州大总管的人才库。他招引诸葛颖、虞世南等人充任学士，这些人也在后来的夺嫡之争中给杨广以极大助力。和这些人在一起久了，他们的行为方式和思维，也对杨广产生了潜移默化的影响。

有一个例子可以体会到杨广所受影响之深。杨广是出色的文学家，其文学素养在帝王中可以和曹氏父子媲美。难得的是，杨广的诗作和一般帝王长于气势疏于工巧还不一样（典型的例子就是刘邦的《大风歌》），杨广能写出秀美的骈文,也能写出隽永的诗歌。他一生中有44首诗留了下来,在帝王中尤为突出。关陇勋贵集团是武勋世家,长于提刀短于提笔,杨广这种文气只能解释为在扬州被熏陶的。

杨广在扬州的时候,全国在政治上尚处于高压时期。扬州、并州、益州、荆州四个地方都有这样的大总管府,实施军事化管理。除了位于太原的并州,其余三州都处于内地,旨在严密监视当地动向。一个对外,三个对内,当时的政治风气之紧,可想而知。

很多人只知道杨广对扬州的影响是通过大运河来体现的,且是当了皇帝之后的事情,但是杨广当皇帝之前,在扬州已做了不少贡献。由于杨广的名声不好,他在扬州具体做了什么好事没有查到。但是杨广刚来的时候陈朝旧境不停有叛乱,他当扬州大总管的第一年,也就是公元590年的时候几乎都是在马背上度过的。但是当十年之后的公元600年他离开扬州前往帝国西北边境平叛的时候,扬州以及江南地区基本上已经做到了人民安居乐业,经济也迅速恢复到了六朝时期的水平。就连那座被毁弃的南京城,也渐渐开始有了复兴的样子。在日后的夺嫡之争中,大量的江南文士、前朝旧臣成了杨广的马前卒。有这样一个结果,可以推想杨广在扬州为政十年政绩斐然。

诚然,正如郭衍所说的那样,杨广在这个时期建设扬州以及江南地区,主要目的是以此为政治资本实现夺嫡的目标,这在传统的儒家观念中属于大逆不道,但是我们就结果而论,他实打实地为扬州做了很多贡献。他在离开扬州任的四年之后,也如愿以偿夺嫡成功,当上了隋朝的第二任皇帝。当上皇帝后,杨广的目标更加远大,扬州则仍是他完成梦想的重要一环。

第九章 大河滔滔

604年,杨广登基称帝,是为隋朝的第二任皇帝,史称隋炀帝。至于隋炀帝是如何当上皇帝的,得位是否正当,不在我们的讨论范围之内。他登基之后,把年号改为了大业,从年号中就能看出隋炀帝的雄心。也就是在隋炀帝当皇帝的这段时间内,扬州彻底改变了它本来的面貌。

改变扬州面貌的关键词是沟通,关键举措是大运河。

大运河的浩大工程从大业元年,也就是605年正式上马。新官上任三把火,这就是隋炀帝烧的第一把火。

这第一把火虽然是隋炀帝点起来的,但它的基础是在很早之前就打下的。我很喜欢贾谊在《过秦论》中对秦国统一六国的原因的总结,叫作"奋六世之余烈"。意思是,任何一项大事业、一项大工程,都不是一代人完成的,都需要几代人甚至是十几代人接力,秦并天下就是起码从嬴政上数六代秦王不断努力的成绩。

大运河也适用于这个逻辑。但比秦并天下更加难得的是,大运河版的"奋六世之余烈"不是一个王朝完成的,而是几个朝代共同成就的。

虽然在前面讲过大运河的开凿历史要追溯到公元前486年的吴王夫差,不过长期以来,运河都是以地区性交流为定位,在有限的地域内进行沟通,汇集的地区一块一块的,并没有全国化的概念。

运河的全国化构想始于何时呢?

答案可能是北魏孝文帝拓跋宏时期,时间大概是496年。北魏是鲜卑拓跋氏建立的国家,是所谓五胡十六国中五胡的小字辈,这个小字辈最后一个上饭桌,却拿走了所有的蛋糕。它一统北方,正式成为南北朝时期北朝的第一个统一朝代。统一了北方的北魏遇到了一个问题,那就是统一之前,北魏的国都在平城(今山西大同),统一北方之后,平城就不再适合当国家的首都了。而占据了中国主体的拓跋氏,也亟待理顺自己和汉文化的关系。

到孝文帝拓跋宏时代，这位皇帝干了一件了不起的事情，那就是全面和汉文化接轨，史称孝文帝汉化改革。就连自己的姓氏拓跋都得改掉，改姓元，所以大家看历史上的元姓名人，很多祖上都不是汉族人。

祖宗都可以改籍贯，国都那更得换。496年，孝文帝力排众议，连哄带骗，几乎是强制性地把国都从平城迁到了洛阳。孝文帝迁都洛阳后，洛阳作为北魏新的政治、经济中心，对各地的粮食等物资的需求不断增加。在战略上，由于北魏对洛阳以南地区的掌控有限，因而荆沔淮南地区的战事时刻威胁着洛阳的安全，北魏政府急需漕运物资至淮南战场。此外，孝文帝及其以后的北魏统治者都重视发展漕运事业，这些因素极大地促进了洛阳地区的漕运发展，北魏后期成为继曹魏之后洛阳漕运事业迅速发展的又一重要时期。两个时代足足相隔了三百年。

孝文帝是一个具有雄才大略的帝王，他预见了将来天下必定统一的势头，他在徐州地区视察的时候说："今移都伊洛，欲通运四方，而黄河急浚，人皆难涉。我因有此行，必须乘流，所以开百姓之心。"这时候的他已经有了借助黄河故道，以洛阳为中心造就全国性的运河网络的思想了。这一年，可能是496年，也可能是497年。

可惜的是，这一宏大的设想，孝文帝没有足够的寿命去完成它，甚至北魏这个国家也没能完成这个历史使命。孝文帝499年去世，北魏于几十年后的534年分裂为两个国家，也就是东魏和西魏。再到后来分化为北周和北齐，"魏"这个国号从此也成了历史符号。

虽然政治再次陷入动荡，但是无论是北魏、东魏、西魏姓元的皇帝，还是北周姓宇文的皇帝，抑或是北齐姓高的皇帝，都渐渐推行了孝文帝的政治思想。就如林肯总结自己的一生时说的那样："我走得很慢，但我从不后退。"在杨坚建立隋朝之前，洛阳的水道已经通到了淮安，是为山阳渎。蓝图擘画，已成定局。

杨坚建立隋朝，定都长安，开始了隋唐大运河事实上的第一段河道的修建，这条河道叫作广通渠。《隋书·食货志》记载，开皇四年(584年)，文帝以"渭川水力，大小无常，流浅沙深，即成阻阂。计其途路，数百而已，动移气序，不能往复，泛舟之役，人亦劳止"为理由，命令大臣宇文恺"凿渠引渭水，自大兴城东至潼关三百余里，名曰广通渠"，也就是从长安出发修水道到潼关，再从潼关借道黄河通入洛阳。这一年是584年。

从497年到605年，从蓝图到现实，这一条沟通全国的人工水道,经历了一个多世纪,起码四个政权,到隋炀帝手上,已经是呼之欲出了。从605年到614年的十年间,隋唐大运河以洛阳为中心,北至涿郡(今北京),南至余杭(今浙江杭州),西到长安(今陕西西安),在中国大地上画了一个大大的"人"字。

有关这条大河,有两个事实需要注意。

第一,这条大河虽然是大工程,但隋炀帝做的工作更多的是修浚已有河道,比如邗沟和通往北京地区的永济渠部分河道,平地挖河的事情并不多。后世常说隋炀帝搞大工程劳民伤财,但是大运河并不在内,当时隋帝国国力强盛,沟通运河完全是国力允许的。真正掏空隋朝家底的,是三次征讨高丽。所谓隋炀帝修河是为了满足自己的欲望,比如看琼花之类,都是无稽之谈,是从低层次看历史的行为。把大运河和亡国联系起来是不合适的,古人已经有所反思。在隋唐大运河贯通两百多年后,中唐诗人皮日休站在运河汴梁段吟诵的《汴河怀古》中的一首就已经明确表达了中肯的看法:

尽道隋亡为此河,至今千里赖通波。
若无水殿龙舟事,共禹论功不较多。

亡国和骄奢淫逸有关，和运河无关。

这条大河，永远改变了扬州的历史地位和历史形象。我在序言中提过扬州的历史面貌在历史上有过一次大转变，这一点是罕见的。因为决定城市面貌的根本因素是地缘因素，而地缘因素与生俱来，和现在的平山填海不同。在生产力不发达的古代，一座城市的地理地缘几乎是无法改变的，但是由于大运河沟通全国，扬州的地缘因素发生了根本性的改变，原来是控江扼海的堡垒，现在成了沟通全国的大运河上的一个重要节点，扬州不再是一座坐断一隅的孤城，而是加入了全国一体的大棋盘之中。这是扬州在中国历史上华丽转身，从要塞向商都转变的最根本的原因。

从这一刻起，扬州，才是扬州。

隋炀帝大业元年（605年），废除扬州总管府，改设江都郡，下辖江都等十六个县。隋炀帝开通大运河后三次临幸江都，并在汉广陵城的基础上按照京城规格营建了江都城池，著名的迷楼也在江都城中。据考古发掘分析，隋朝留下了很大规模的筑城现象。隋炀帝三次下江南除了开凿运河，其另一目的可能是修筑江都宫城，大搞基建。随着城建规模的扩大，经济生活开始向蜀冈之下延伸，蜀冈下的平原地带运河两岸在此时已有集市，成为唐代扬州罗城的雏形。从此，扬州城开始脱离以蜀冈为城市中心的格局,虽然这一变化要经过很长时间,但是是从这一刻开始的,毫无疑问。我们今天漫步在繁华的文昌阁和热闹的东关街的时候,可曾想过我们眼中的那位暴君,他用超前的眼光和无比的魄力,打下了这一切。

第十章 水殿龙舟

长白山前知世郎,纯着红罗锦背裆。

长矟侵天半,轮刀耀日光。

上山吃獐鹿,下山吃牛羊。

忽闻官军至,提刀向前荡。

譬如辽东死,斩头何所伤。

——《无向辽东浪死歌》

这首歌是613年隋王朝的"年度流行歌曲榜"榜首,作者疑为王薄。它反映了当时隋朝人民最真切的心里话,也是隋炀帝噩梦的开始。

612年，隋炀帝第一次征高丽，大隋帝国开始伤筋动骨。根据《资治通鉴》的记载，这场征伐耗费民力之巨、不近人情之甚，世间罕有。在东莱海口（今山东莱州）的造船厂内，船工几个月泡在水里造船而不得休息，最后皮肤溃烂，腰以下生蛆而死。此情此景，也就不要怪民众们在歌中最后两句算的那笔账了，反正都是送命，和他们干就是了。

这笔账陈胜、吴广也算过，他们说："今亡亦死，举大计亦死，等死，死国可乎？"

最后一根稻草随即也落下了。613年，隋炀帝继续发布征讨高丽的全国动员令，强行远征高丽。结果前线战况正烈的时候，后方遭遇了杨玄感叛乱。

杨玄感是隋朝重臣越王杨素的儿子，杨素是隋炀帝当皇帝时最倚重的大臣。杨玄感的谋反证明了一件事，那就是关陇集团内部已经不是铁板一块了，隋炀帝的统治基础开始动摇。加上隋炀帝本身就兼具关陇贵族和江南士族的双重属性，更加会引起关陇勋贵集团的不信任。杨玄感此举实际上用血腥的方式，签发了一张对隋炀帝的"弹劾议案"。

这就是传说中水殿龙舟故事的逻辑起点。民间向来传说隋炀帝三下江都是为了享乐，为了扬州的琼花不惜发动八万纤夫、数十万大军随行，简直是昏君的典范。但是，历史真相的逻辑,绝非如此。

隋朝虽然定都长安,但是隋炀帝从即位开始就没在长安待几天,而是在全国四处出差,不是在北边视察边境,就是在南边大兴土木。刚当皇帝的时候,他并不会想到自己有一天会带着水殿龙舟的故事一路往南。所以大业初年隋炀帝一系列的大兴土木之举一定是意有所指。

在613年之前,隋炀帝对两座城市进行了大规模城建。其中一座城市是洛阳。这个比较好理解,和孝文帝拓跋宏一样,北方政权一旦统一天下,位置偏北的国都就不适用于全国的战略。隋、唐两代虽然定都长安,但是都在大规模营建洛阳,因为当时洛阳处于中国正中,比长安更适合做一个统一大王朝的国都。

另一座城市,就是扬州。隋炀帝对扬州的偏好,简直不近乎情理:在吴公台大肆营建江都宫,将扬州营造成隋唐大运河重要的节点。609年、610年,杨广两次巡幸扬州,这个时候的隋王朝虽然大兴土木,但是还没有到入不敷出的地步。可见,抛开那些香艳的传说,杨广对扬州的经营是有其战略考量的。

从地图上看,长安是国都,是关陇勋贵集团的大本营;洛阳是天下之中,是王朝最好的定都点;扬州控扼江淮,是淮南江北海西头，是坐断东南第一重镇。从这个逻辑来看，扬州很可能类似于抗战时期的重庆，是国事有变的陪都所在。综合隋炀帝还是晋王时谋臣郭衍的那句掉脑袋的话，"如其不谐，亦须据淮海，复梁、陈之旧"，隋炀帝经营扬州的目的也就呼之欲出了。

589年，隋炀帝作为大军统帅，灭了江南的陈朝。591年到601年，隋炀帝在扬州做了十年的大总管，卸任之后去长安争夺帝位，这个过程中江南势力出力甚多。604年，隋炀帝即位，609年开始兴建江都宫。根据这个时间表，我们能有两点推测：

第一，隋炀帝当皇帝，关陇集团内部肯定有不同意见，其中很可能有一条就是隋炀帝"血统不纯"，没有关陇集团内部关中本位的想法。

第二，在隋炀帝夺嫡到登基大搞基建的过程中，反对势力一直存在，甚至离杨广非常近。

这两点不记载于史书，但不代表不存在。杨玄感的叛乱实际上就是把这两点摆在了台面上，撕开了冰山一角。《资治通鉴·隋纪五》记载，隋炀帝即位后，"隋室旧臣，始终信任，悔吝不及者，唯弘一人而已"。这里的"弘"代指杨素，杨素出身于弘农杨氏，也可以理解为杨素和他身后的一家。可见杨家是隋炀帝一直以来最为亲密的战友。现在连最亲密的战友的后代都造反了，可见这种掀桌子的矛盾不是一天两天形成的，甚至不是一年几年形成的，很可能在公元600年以前就已经出现了。

所以，617年隋炀帝水殿龙舟下江都，真正的历史解释应该是：隋炀帝想要战略转移，到自己营建多年的扬州，力图东山再起。他带着隋朝最精锐的十几万骁果军一起南下，也是为自己日后东山再起保存力量。

但是，组织是由一个个活生生的人组成的，皇帝意图也需要人来执行。骁果军都是关中人，想念家乡，他们感觉到隋炀帝并不想离开江都之后，军心开始涣散，不满情绪日益高涨。

同年，李渊在晋阳起兵，十一月攻入长安，拥立杨侑为皇帝，遥尊杨广为太上皇。这几乎成为压垮隋炀帝军心的最后一根稻草，军士们怀念家乡，纷纷逃归。这时，武贲郎将元礼等与监门直阁裴虔通共谋，利用卫士们思念家乡的怨恨情绪，推宇文述的儿子宇文化及为首，发动兵变。杨广闻变，仓皇换装，逃入西阁，被叛军裴虔通、元礼、马文举等逮获。杨广欲饮毒酒自尽，叛军不许，遂命令狐行达将其勒死，时年五十岁。杨广死后，萧皇后和宫人拆床板做了一个小棺材，偷偷地将其葬在江都宫的流珠堂下。后来的广陵太守陈棱集众缟素,为杨广发丧,补办了一系列的"葬礼手续",改葬于吴公台下。杨广被杀的消息传到洛阳,洛阳群臣拥立杨广之孙越王杨侗为帝,史称皇泰主。杨侗追谥杨广为明皇帝,庙号世祖,农民军领袖窦建德追谥杨广为闵皇帝。同年,李渊逼迫傀儡皇帝杨侑禅让,建立唐朝,追谥杨广为炀皇帝。这便是隋炀帝"炀"的由来。不久,洛阳权臣王世充逼迫杨侗禅让,隋朝正式灭亡。唐朝平定江南后,于贞观五年(631年),以帝礼改葬炀皇帝于雷塘。

隋炀帝是不幸的,身死国灭。但是和别的末代皇帝相比,隋炀帝还是幸运的。秦朝末年,各路反王的口号是"天下苦秦久矣",对于末代之君恨不能食其肉寝其皮,但是隋炀帝自始至终没有被清算,在隋末的农民起义中,凡是打着反隋旗号的农民军都很早就失败了,只有自始至终高举隋朝大旗的太原李家,直到最后一刻才换上了唐朝的旗帜。唐朝高祖、太宗两位皇帝都对前隋报以深深的尊敬和同情,甚至唐太宗时期还迎回隋炀帝的萧皇后奉养,最后以皇后礼仪将其和隋炀帝合葬,这些,2013年出土的隋炀帝墓的墓志铭都能够证实。在中国历史上被农民起义推翻的王朝中,隋朝是唯一一个自始至终保留了体面的王朝,这不得不说是一种幸运。

这种幸运何尝不是扬州的幸运呢？中国有个很不好的政治传统，那就是面对前朝的经营，恨不能抹掉所有的痕迹，隋朝自己不就是把南朝陈的国都建康城给平掉了吗？扬州作为实际上隋朝的陪都，正是因为后来者的尊重，才得以保留城市的规制，并且迎来发展的。

在唐朝时期，扬州城就以隋朝江都宫附近为锚点，修建罗城，而把以蜀冈为中心的老城称为子城，正式拉开了城建大发展的序幕。蜀冈下的城址即罗城城址，最早为唐代修筑。

罗城呈长方形，除北城墙有曲折外，其余三面城墙都是笔直的。罗城城址的护城河至今保存得相当完整，并与人工开凿的运河相连通，形成扬州的一套完整的排水和运输系统，这套水系至今还起着重要作用。从城濠河道看，唐朝先后两次修筑扬州城，使扬州城址规模达到最大。

现在我们提到扬州，都会说到唐宋繁华，对隋炀帝的贡献常常忽视，这对他来说是不公平的。当然，隋炀帝兴建扬州的目的和最后的结局并不一样，属于伟大人物为个人的政治抱负做的努力，谈不上高尚，也谈不上卑鄙，他的政治抱负也很快就灰飞烟灭，但是扬州城华丽转身，开创唐宋时代的繁华，还是始于此。

第十一章

通江达海

"扬州富庶甲天下,时人称扬一益二。"

简简单单十四字,道出了扬州在盛唐的地位。今天说到唐代的扬州,人们常常用徐凝的两句诗来形容:"天下三分明月夜,二分无赖是扬州。"

唐代的扬州,首先是政治地位的升格——唐承隋制,将扬州大都督府迁到江都。这里的"扬州大都督"中的"扬州"代指江南广大地区,今天的南京和苏州都包括在内,而江都就是隋朝的江都郡,唐朝又改为扬州。到这个时候,扬州真的成为扬州,本书也将使用这个名字继续叙述。

这个时候的扬州,是历史最高峰,它是全国的经济中心。

"街垂千步柳,霞映两重城。"这是唐代诗人对扬州唐代城池具体而又形象的描述。这是坐落在今城西北五里的蜀冈上下,共分两个组成部分的城池。坐落在蜀冈之上的名"子城",又称"牙城",是由内城、外城和附郭东城组合而成的。坐落在蜀冈之上的名为"大城",又称"罗城",是在子城东南平原上增筑起来的。子城为扬州大都督府下官衙集中的地方,也是原先隋炀帝的宫城所在。本身就有一定基础,经过唐王朝将近百年的经营,无论是规模还是经济,扬州都来到了历史的最高峰。

唐玄宗天宝时期,扬州领有江都、江阳、扬子、海陵、高邮、天长与六合七县,有七万七千一百零五户,大概是今天的扬州市大市范围再加上滁州的天长、南京的六合、泰州的海陵,妥妥的中心大城市。

扬州又是政治副中心,这一点是扬州不同于别的繁华地方的显著特点,如果说经济上是扬一益二,那么政治上很可能是洛一扬二。当唐朝进入高宗、武则天时代时,唐朝的政治中心开始从长安向洛阳过渡,这个时期的扬州政治地位大概比长安高。从唐初期之后,扬州成为军政斗争的中心舞台,虽然此时隋炀帝已经死了一百多年,但是天下两分、划江而治的幽灵还在。

扬州还有点不安分的独特气质,虽然大运河将扬州和国都紧密相连,但是从春秋到南北朝一千多年来的风云激荡注定会在这座城市中留下不可磨灭的印记。隋末唐初天下大乱,李唐在整个李渊时期都在平定天下的路上,而以扬州为中心的江淮,是最后一个被平定的。唐王朝都建立六七年了,江淮的辅公祏才被平定。而唐王朝最后的岁月中,第一个吃化藩镇为王国螃蟹的人,也是在扬州开启了自己的梦想。

如何描绘这样一座城市,或者说我们该如何体会这座城市的气质?我们可以从诗歌中去感受。

如果要挑选一首诗来描述这个时期的扬州,那莫过于《春江花月夜》了。

这首诗是《全唐诗》中的翘楚,被称为"孤篇压全唐"。意思是,这一首诗足以压过其余的唐诗,无论是意境,还是文学技法,都无可挑剔。

本诗作者张若虚,是地地道道的扬州人。关于张若虚,历史上没有留下过多的记载,只在《旧唐书·贺知章传》中留下了只言片语:中宗神龙中,与贺知章、张旭、包融俱以文词俊秀驰名于京都。贺知章就是写出"二月春风似剪刀"的那位宰相诗人,唐朝的众多诗人中以此人和高适、元稹官阶最高。张若虚和贺知章齐名,可想而知也是当时的一位文坛大腕,在政坛也颇有影响力。

关于此诗的具体创作年份已难以确考,而关于此诗的创作地点则有三种说法:扬州文化研究所所长韦明铧认为,诗人是站在扬州南郊曲江边赏月观潮,有感而发,创作了此诗,呈现的是唐代曲江一带的景色;长期从事瓜洲文史研究的高惠年认为,此诗作于瓜洲,表现的是千年古镇瓜洲江畔清幽如诗的意境之美;长期从事大桥文史研究的学者顾仁认为,此诗作于扬子江畔,其地在今扬州市江都区大桥镇南部。

虽然这三个地点之间相隔比较远,但都在今天扬州市境内,都是长江边上的景点。就从这首诗来看,我倾向于第二种说法,因为瓜洲在当时不仅仅是运河和长江的交汇点,还在海港的葫芦口附近。不夸张地说,江河湖海在此交汇,这里的景致必不一般。《春江花月夜》开篇就说:"春江潮水连海平,海上明月共潮生。"这很可能是诗人当时看到的实景。唐人梁肃在《通爱敬陂水门记》中说:"当开元以前,京江岸于扬子,海潮内于邗沟,过茱萸湾,北至邵伯堰。"茱萸湾即今扬州湾头镇,邵伯堰乃今日扬州邵伯镇。"汤汤涣涣"形容水量之大,而这里的"海潮"并非指海水,而是受到海水顶托沿河道上循的江水。从这一点可以推测出,当时海潮内卷到了扬州的内地,甚至能卷到北边的邵伯,那么更靠海的瓜洲就更不必说了。事实上,到了张若虚之后的一百多年,晚唐诗人张祜也写过:"潮落夜江斜月里,两三星火是瓜洲。"可见张若虚看到的海潮何等宏大,作者看到的海潮也奠定了诗篇宏大的基调。《春江花月夜》作为一首表达类似闺中怨愁的诗,格局大得不像话。全诗字里行间都有扬州城独特的身影,除了第一句"春江潮水连海平",涉及扬州元素的还有如下几个细节:

第七、八句"空里流霜不觉飞,汀上白沙看不见"中的"汀上白沙"体现了扬州的水文状况。"汀"指的是大河中的小洲,潮起潮落的时候随着水位变化而变化。这是扬州东区和南区的特有水文环境,即今天扬州广陵区东部被称为"七河八岛"的一大块水域。从这个名字上面就能看出,七条河流和江水形成了八个大岛。从形态来看,这八个大岛就是泥沙冲积而成的,前身很可能是诗中的"汀上白沙"。

第十五、十六句"不知江月待何人,但见长江送流水"中"送"这个字非常独特,不知还有没有第二首诗歌用这个字来形容江水。这句诗的意思是:不知江上的月亮等待着什么人,只见长江不断地运送着流水。长江水输送到哪里去?答案只有一个,那就是补充扬州的运河水。从这一个简单的

"送"字就能看出,盛唐时期扬州的运河、长江、出海三大运输体系已经十分完备。运河沟通南北,大江贯通东西,海口走向世界,这就是扬州在隋唐时期的底色。而《春江花月夜》这首诗明着是写景抒情,无一字对应扬州,但暗里又无一字不对应扬州。

诗中有好多名句被后世诗人所引用或化用。比如,崔颢的"黄鹤一去不复返,白云千载空悠悠"很可能是对"白云一片去悠悠,青枫浦上不胜愁"的化用;张九龄的"海上生明月,天涯共此时"可能是根据"春江潮水连海平,海上明月共潮生"化用而来;李白的"青天有月来几时?我今停杯一问之",苏轼的"明月几时有?把酒问青天",都有化用"江畔何人初见月?江月何年初照人?"的痕迹。虽然文学上耦合与借鉴的边界何在向来说不清楚,但是《春江花月夜》确实是咏月诗中最早的集大成者。从这个角度来讲,"孤篇压全唐"的说法恰到好处,这里面除了作者妙到毫巅的文学技法和广阔的胸怀,还有扬州这个特色舞台承载了这一佳作。

俗话说大音希声,大象无形。在形形色色描写扬州繁华的诗歌中,这一首《春江花月夜》却道出了扬州最大的格局。"孤篇压全唐"的背后是扬州闪耀于隋唐宋代的历史事实。

第十二章 谁家天下

今天,很多学生都会背这样一个文学知识点,叫作"初唐四杰"——王勃、杨炯、卢照邻和骆宾王。而这四个人中的骆宾王,在中国人的记忆中,印象最深的是这首诗:"鹅鹅鹅,曲项向天歌。白毛浮绿水,红掌拨清波。"

这首诗是骆宾王七岁时所作,但是作为"初唐四杰"之一的骆宾王一生有多首诗歌存世,我们记得最深的却是他在孩提时期的启蒙之作,不知道大诗人泉下有知,是何感想。

骆宾王的作品中,最为出色、最为有名的是哪一篇呢?答案见仁见智,但是有一篇骈文被称为中国文学史上檄文的扛鼎之作,治好曹操头疼的陈琳,和痛骂嘉靖皇帝的海瑞都得往后排。这篇檄文叫作《为徐敬业讨武曌檄》，简称为《讨武曌檄》，创作的地点就在扬州。如果说雅致的《春江花月夜》"孤篇压全唐"，那么《讨武曌檄》便是愤怒的"时代最强音"。这些都是只有在扬州才能写下的诗文。

这和扬州在唐朝超然的地位息息相关。前面讲过，扬州由于坐拥运河之利，控扼江海入口，成为政治势力的角斗场。在政治斗争中，文人也常常会掺和进来，为这些难以启齿的斗争添加了一些浪漫的元素。在唐朝，曾经出现过两次"诗人+梦想者"的组合，在扬州掀起了波澜。

第一次是徐敬业和骆宾王。这位徐敬业又名李敬业，是唐朝开国功臣李绩的长孙。李绩就是《隋唐演义》中瓦岗第一谋士徐世绩，由于投靠唐朝，平定天下屡立战功，被赐李姓，改为李世绩。后来唐太宗李世民当了皇帝，为了避讳，又改名为李绩。根据《隋唐嘉话》的记载，李敬业成年之后李绩和他有过一番长谈，结束后李绩感叹："吾不办此。然破我家者，必此儿。"这里的"办"可能是"及"的误写。意思是，李绩认为李敬业十分有本事，但是会把自己的家族给葬送掉。

这样的人历史上并不鲜见，有能力的人往往伴随着野心和欲望。这是一把双刃剑，如果时机对了，那就动于九天之上，比如李世民和李渊父子；若是命运不站在你这边，那就抱歉了，前车之鉴一大堆，窦建德、王世充、刘武周、刘黑闼都是鲜活的例子。李绩这番评价未必完全是批评李敬业，而是对当时社会情况的一种委婉表达。是啊，自从630年李世民大败东突厥，被尊为天可汗，群雄逐鹿的时代就已经过去了，野心家和梦想者们也不必再动列土封疆举大事的心思了。

按照传统经验，一个王朝初定天下之后会进入一个平稳期，但是唐朝不是一个能用传统经验框住的王朝。李绩自己没想到，他去世之后不到十年，李唐政坛上闪耀着一颗前无古人后无来者的新星，这颗新星成为中国历史上最大的"鲶鱼"，她就是武则天。

唐高宗去世之后，李唐政治格局迅速分裂，挺武的和挺李的政治势力针锋相对。唐高宗去世后的第二年，武则天以太后的身份临朝称制，废黜唐中宗李显，改立豫王李旦为帝。自古以来，废立皇帝下一步想干什么懂的都懂，反对武则天的势力开始抬头，李敬业发现时机已到，于是跑到了扬州，谎称自己是朝廷派来接替扬州大总管的。由于祖父李绩长期担任这个官职，李敬业很快就取得了当地的信任，控制了扬州全城，扯出了"复李唐神器"的大旗。

这时候的骆宾王是李敬业的幕僚。既然是政治口号，就得喊得像样一点，骆宾王不愧是"初唐四杰"之一，大笔一挥便写就了中国历史上"第一檄文"。当中有两句话至今听来还掷地有声,第一句叫:"一抔之土未干,六尺之孤何托?"表达高宗尸骨未冷,儿子就没了依靠,实在让人气不过。而"一抔黄土"也成为典故并用到今天。第二句更加有名,是全文的倒数第二句:"试看今日之域中,竟是谁家之天下!"

全文有理有据,气势如同长江后浪推前浪一般。据说武则天本人看到这篇檄文的时候很是惊讶,问周边人这篇檄文出自谁的手笔,左右人如实以告。武则天怅然若失,说:"这样的人才不能为我所用,是宰相的过错啊!"

惜才归惜才,仗还是要打的。武则天下诏,剥夺李敬业国姓,复姓徐,不疾不徐地组织军队平叛。

为什么不疾不徐?是因为武则天看出徐敬业虽然政治鼓动能力一流,但是军事能力实属拉胯。徐敬业在历代扬州的梦想者必须回答的那个问题——向北走还是向南走上——做出了错误的回答。

当时,如果徐敬业凭运河的运力一路向北再向西,直扑神都洛阳,在政府军没有部署完毕的时候夺取洛阳,控扼运河河运,和武则天争夺天下,那么就真的可以和檄文中说的那样"试看今日之域中,竟是谁家之天下"了。

但是徐敬业并没有这么做,而是掉头向南,率军攻陷了京口和常州,向南京一带发展。

在这个时候,关于从扬州向北走还是向南走这个命题已经有了明确的回答,向北走才是正确答案,徐敬业只能再去当一次反面典型。

为什么从扬州往南走注定会失败呢?可以从两个角度来看。

第一个是地缘的角度。中国历史上虽然出现过数次划江而治的局面,但是划江而治的前提是能把江淮地区纳入控制范围,正所谓"守江必守淮"。长江虽是天险,但是实在太长,防守方不可能在千里范围内都安排重兵,一点突破则全线崩溃。南北朝时期正是因为南方实际控制线在淮河甚至黄河一线,才能偏安一百多年,而侯景之乱之后,扬州丢失,南方政权至少四次做过夺回扬州的努力,都宣告失败,也宣告了北方统一南方的必然结局。

第二个是选择者的角度。这一点常常被人忽视。做出向北走的选择的梦想者们,无论是刘裕,还是谢安,抑或桓温,目的都是天下,都是统一;而向南走的,都是格局比较小的,目的是割据。

以徐敬业为例,他没有选择直扑政治中心,而是准备渡江割据,恐怕是司马昭之心——路人皆知。而这么一做,他也失去了所有的政治借口,也就不会有人声援他。所以这件事也反映了他真正的政治意图。从领袖的角度考虑,如果真的出于匡扶李唐的目的,直扑洛阳虽然危险系数高,但是收益也大,就算是失败了,也不枉为李唐臣子。以天下为棋盘的棋手,眼界狭窄,格调太低,是注定要失败的。

徐敬业不是李唐历史上唯一一个选择向南走的人,半个多世纪之后,安史之乱爆发,唐玄宗慌不择路地入蜀避难,大权旁落。当时有两个皇子有号召力,想要继承帝位:一个是随唐玄宗奔逃的太子李亨,一个是远在江淮坐镇扬州的李璘。在"渔阳鼙鼓动地来"的初期,李璘占据了先手。随着安禄山的铁蹄踏破太行山,如果潼关失守,长安行将陷落的消息传到江淮,李璘挥军北上策应,和刘裕一样,从山阳渎直插山东,侧击叛军大本营河北,叛军后院起火,长安必然转危为安。如此,立下不世之功,又是天潢贵胄,下一任皇帝人选是跑不了的。可惜的是李璘犯了跟徐敬业一样的错误,他率军南下,在金陵安扎大本营召集兵马,还让李白当了回"宣传部部长"。李白《金陵三首》就创作于这个时期。《金陵三首》是唐诗中南京题材少有的基调昂扬的诗作,但是在时代的大背景下,就是镜花水月而已。

而那边太子李亨,在马嵬坡和唐玄宗毅然分手,率领一部分力量北上朔方，在今天宁夏的灵武登基称帝。当时场面十分简陋，皇帝登基，参加者不过三百，但是皇子只身北上，召集力量，和南边的永王格调谁高谁低一目了然。最后永王大事不成身死，连着李白一起吃了瓜落，被流放到夜郎，要不是后来大赦，估计这辈子就得交待在西南的穷山恶水里了。李白在赦令下发之后回到中原，在长江上还留下了那首不朽名诗："朝辞白帝彩云间，千里江陵一日还。两岸猿声啼不住，轻舟已过万重山。"这是后话了。李璘和李白是唐朝时期扬州第二个"政治家+文学家"的组合，路径和结果与徐敬业、骆宾王一模一样。

安史之乱，唐由盛转衰，但是对于扬州而言，中央政府权力减弱，正好天高任鸟飞，政治和经济地位不降反升，在未来的两百年中悄然攀上了另一个高峰。

第十三章 海阔鱼跃

扬州既然如此重要,并且和南京相比都并不逊色,那么,南京是六朝古都,扬州有没有定都的历史呢?或者说,历史上有没有有分量的政权,在扬州定都过呢?

这个问题,恐怕在很多人脑子里闪过,但是搜肠刮肚也没有找到过答案。哪怕是扬州人,都没有几个人能回答得出来。扬州在中国历史上有超然的地位,一度能和洛阳、南京这样的城市平起平坐,就算是那个与其并称"扬一益二"的成都,历史上起码还有刘备把蜀汉国都定在那里。扬州拥有如此高的知名度,却几乎没有定都史,这也算是独一份了。

其实,扬州是有定都史的,只不过定都扬州的这个政权曾经迭代迁都,迁都之后的那个政权更加有名,那就是定都南京的南唐。南唐定都南京不假,但是南唐的前身杨吴,是正儿八经定都扬州的。这个杨吴,被称为五代十国时期十国的第一国,开国君主杨行密被称为"十国第一人",历史地位起码要比李煜高。那么这个杨行密到底是何许人,和扬州又有什么关系?这要从安史之乱说起。

有一个事实可能大家会感到意外,那就是所谓扬州在唐朝作为"扬一益二"的存在,其巅峰期和唐朝这个朝代的鼎盛期其实是错开的。唐朝鼎盛期是唐太宗贞观年间到唐玄宗开元、天宝年间,安史之乱导致唐朝极速由盛转衰,唐朝在安史之乱之后的一百五十年里再也没有恢复辉煌。

但是,这对于扬州来说不完全是坏事。首先,安史之乱虽然对唐王朝造成了极大的破坏,但是江淮地区并没有被波及,前面说的永王李璘叛乱很快就被平定,对扬州地区并未造成实质性的破坏。加上和南北朝时期类似,中原地区的流民不断拥入江淮,凭空增加了不少劳动力,扬州的发展便到达了又一个高峰。

除此之外,一个官职的设定,也成了扬州经济腾飞的关键,这个官职叫作"盐铁转运使"。宋人洪迈以为,"唐世盐铁转运使在扬州,尽斡利权,判官多至数十人,商贾如织,故谚称'扬一益二'"。这个官职的首任主官名叫裴耀卿,设官开始于开元二十一年(733年),这个机构让扬州成为漕运的中心,盐铁一类的国家专营物资都受到它的管辖,有点类似于今天的国家发改委。安史之乱之后,关中地区更加依附江淮地区的物资调配。

安史之乱后,扬州又获得了铸币权。《新唐书》记载"有丹杨监、广陵监钱官二",这两位监钱官还"分领天下金谷"。盐铁专卖,加上铸币之权,让人回想起刘濞时代的歌吹沸天。这个时期的扬州,果然是"扬一益二"。

当然,和刘濞歌吹沸天一样,帝国理应不允许这种规模的地方势力存在,扬州的存在说明唐王朝已是桑榆晚景。唐代到了后期,藩镇林立,各个节度使都手握大权,人事和财权都脱离了中央的直接管辖,产生了类似于刘濞所在的西汉初年的政治形态。

当时的节度使中,属地包括扬州在内的淮南节度使势力排在前列,重要性仅次于朔方、魏博这样的边镇。节度使竞争激烈,特别是黄巢起义前后,江淮地区成为地方藩镇、黄巢势力和中央政府的拉锯之所。时任淮南节度使的是高骈,高骈是一名儒将,在《全唐诗》中也有他的作品的一席之地。他早年作为边将镇守帝国西南,大败吐蕃和南诏,收复安南。

值得一提的是,他在安南为了打通和唐朝的海上路线,修建了一座也叫罗城的城池。这座城市就是今天越南的首都河内,后来越南李朝开国之君李公蕴在《迁都诏》中称赞:"高王(高骈)故都大罗城,宅天地区域之中,得龙蟠虎踞之势,正南北东西之位,便江山向背之宜。其地广而坦平,厥土高而爽垲,民居蔑昏垫之困,万物极蕃阜之丰。遍览越邦,斯为胜地。"

从这个角度来看,高骈的对外功绩和初唐贞观年间的名将们比起来也毫不逊色。后来黄巢起义爆发,农民军转战大江南北,高骈临危受命,出任淮南节度使镇守扬州,愣是没有让黄巢军染指江淮,也使得扬州在唐末混战中一度成为世外桃源。

在今天扬州市唐城遗址下,平山堂路 20 号,坐落着崔致远纪念馆。崔致远在国内名气不算很大,但是在韩国和朝鲜是响当当的人物。他著有《桂苑笔耕集》,这部著作被视为朝韩汉文化著作的开端,崔致远也被认为是韩国汉文学的开山鼻祖。这部《桂苑笔耕集》就是崔致远在担任高骈幕僚的时候成书的。

和当时很多外来人一样,崔致远立志成为一名"唐漂",作为国子监的留学生通过了科举考试,有了在唐朝为官的资格。崔致远所处的时代是晚唐,这时候的唐朝只能说是"百足之虫死而不僵",已经没了盛唐时代的气象,只能看到落日余晖的一抹亮色。但就是这一抹亮色,让崔致远一辈子怀念。崔致远就学的地方在洛阳,为官在溧水(今江苏南京溧水),巨大的落差让他寻求工作调动,最后辗转来到了扬州,做了高骈的幕僚。

五年宦游淮南幕府时期,是崔致远文学创作最为频繁而质量臻于顶峰的时期。《桂苑笔耕集》便是完成于这一时期的不朽之作,也是崔致远流传后世的著作。这是一部由崔致远自编的诗文集,收录了他宦游幕府时为淮南节度使高骈代撰的各种表状书启及自作诗文,该书文风博雅繁丽,内容丰富而珍贵,具有极大的文献价值。崔致远忠实地记录了这一时期高骈治下的以扬州为中心的淮南地区的政治、经济情况。"淮南乃寰中裕富,阃外名高,喻以金瓯,永无衅缺;比于玉垒,实异繁华。"(《萧遘相公》)把以扬州为中心的淮南比喻为"金瓯""玉垒",可见此时扬州地位之高、繁华之盛,和开元、天宝时相比毫不逊色。与此同时,崔致远还高度评价了高骈,认为他是不可多得的忠臣和能臣。在对抗黄巢对江淮地区的进犯中,崔致远还亲笔写下了讨伐黄巢的檄文,让黄巢军一时间为之气夺。可以说崔致远和高骈虽是主官和幕僚，但是私交非同一般。最终崔致远还因为高骈的推荐而获"殿中侍御史内供奉、赐绯鱼袋"的荣誉，崔致远自始至终对高骈的知遇之恩难以忘怀。

黄巢军退去后不久，崔致远告别高骈回国，可惜之后的高骈丧失了早期的斗志，开始骄奢淫逸，求仙问道（不知道当时在朝鲜半岛的崔致远是否知道这一情况），统治力一下降，淮南地区就开始乱起来。高骈坐镇淮南的后期，也是扬州在唐末割据的开始。

逆水行舟，不进则退。只顾享乐的高骈和黄巢降将毕师铎起了内讧被杀。而此时，高骈的一名部将杨行密打着为高骈报仇的旗号攻灭毕师铎，自任淮南节度使。和老上司高骈出身于名门望族不同，杨行密是正儿八经平民出身。杨行密早年当过土匪，被官军平定之后做了俘虏，只是因为相貌不凡，唐军将领认为其不是一般人物而免其一死，并让其参加唐朝政府军，最后杨行密辗转来到高骈的手下。

在唐末那个时候读书多是没用的，拳头才是硬道理。杨行密的拳头很硬，左邻右舍都不是他的对手。他有一支亲兵队，全身盔甲并用黑衣裹住，战斗力极强，所过之处寸草不生，时人称之为"黑云都"。在当时，天下能和黑云都在战斗力上一较高下的只有大名鼎鼎的河东节度使——五代后唐政权实际开创者李克用手下的沙陀骑兵了。沙陀骑兵也身着黑衣,被称为"鸦军"。两支黑色强军,一南一北,倒也很有意思。

难能可贵的是,大老粗杨行密理政也很有一套。高骈、毕师铎之乱中扬州受到了极大冲击,根据《资治通鉴》的记载,扬州在这一次短暂而又严重的内讧中损失了大量人口,杨行密进城之后只剩下了100户。但是杨行密在占据扬州三年后,在四面都有强敌的情况下,愣是把扬州恢复到了安史之乱前的水平。唐乾宁二年(895年),杨行密左征右讨,占尽淮南之地,唐昭宗下诏授杨行密淮南节度副大使、知节度事、检校太傅、同中书门下平章事、弘农郡王,后改封杨行密为吴王。这是自刘濞之后又一位手握重权的吴王,也是五代十国时期十国的第一个政权,史称杨吴,杨行密也被称为"十国第一人"。

杨行密在封王的时候就已经占据了广大的领土,向南到达湖南,向北到达山东,向西扩展到汉水流域,地盘不可谓不大。但是,杨行密一改南方政权定都金陵的惯例,把吴国的国都定在了扬州,这也是扬州历史上唯一的一次定都历史。这说明杨行密的战略构想是超前的,他应该是总结了南北朝时期划江而治南方政权处于劣势的直接原因。把都城建立在扬州的效果有点儿像朱明时期定都北京从而"天子守国门"。杨行密的政治构想史籍并没有记载,但是他的行为表明他在"向北走还是向南走"的老问题上做出了正确的选择。

杨行密的政治构想几十年后在另一个人的临终遗言里透露了出来。这个人叫李昪,是南唐的开国皇帝,南唐后主李煜的爷爷。李昪原名不详,小时候流落在江淮,被杨行密发现。斯时只有七岁的李昪很得杨行密喜欢,杨行密本打算收为养子,但是由于李昪太过聪慧,杨行密的几个亲儿子很排挤他,于是杨行密让他的大将徐温收养了他,改名为徐之诰。

杨行密死后,他的儿子们都不大争气,大权旁落到徐温手里,恰巧徐温的几个儿子也不成器,都排挤徐之诰,徐温为了维护徐之诰,把徐之诰派到了长江对岸的金陵。最后徐之诰夺权成功,攫取了国家的最高权力,这时候中原五代中第二个朝代后唐灭亡,徐之诰遂改姓为李,名李昪,立国号为唐,再次接过了大唐的旗帜,这个国家史称南唐,李昪被称为南唐烈祖。虽然政权更迭,但是南唐和杨吴政权实际上一脉相承,李昪和杨行密的政治构想也是一脉相承的。李昪临死前把自己的儿子李璟叫到床前,咬破他的手指头让他发誓,一定要实现自己的战略构想:"他日北方当有事,勿忘吾言。"

(《钓矶立谈》)

  李昪虽然迫于现实政治的原因定都金陵,但是他的目光始终放在北方。他的意思是让李璟和南方的割据势力,也就是和十国的其余政权搞好关系,南唐实力最强,不应该打割据的主意,应该保境安民,积蓄力量。北边在当时经过了后梁和后唐、后晋三代,政局不稳,李昪让李璟静待时机,等到后唐出了内乱,派兵北上统一中原,统一之后,这些南方割据政权不用打就会纷纷投降。

  高,实在是高。有理由相信,李昪的这一主张是杨行密一开始的战略。杨吴和南唐能有逐鹿中原的心思,说明当时的国力绝不亚于中原正朔王朝。扬州作为杨吴的首都,当之无愧可以写进扬州的历史里:扬州曾经作为历史承认的大政权首都,定都者叫杨行密。

  但是,后来继位的李璟并没有实行这个战略,而是和南方割据小政权攻伐不断,严重削弱了国力。讽刺的是,李昪遗言中的"北方当有事"在李昪死后五年成为现实:儿皇帝石敬瑭942年去世后,其养子石重贵即位,和契丹闹翻,后晋和契丹爆发战争,被契丹灭亡,947年河东(今山西大部)节度使刘知远以一镇兵力称帝,建立五代中第四代——后汉。横向比较,刘知远的力量远不如杨行密和李昪创立的杨吴和南唐政权，若南唐此时国力如昔日一般强盛，以李唐名义提兵北上，胜算很大。可惜李璟在征战中耗尽了国力，眼睁睁看着中原城头变幻大王旗而无力逐鹿中原。如果李昪晚死十年，很可能唐这个国号将再次统一中国，而作为南唐次都的扬州，会继续保持国际化大都市的地位。只可惜历史没有如果，扬州从唐朝以来的超然地位，在此时便告终结，这也是历史的遗憾。

第十四章 武力未弘

> 以十年开拓天下,十年养百姓,十年致太平。
>
> ——《旧五代史》卷一一九

这句话不用翻译都能明白其中含义。说这话的人叫作柴荣,是五代最后一代——后周的第二任皇帝,史称周世宗。这句话是他和谋士王朴说的。这句话很狂,口气大得简直没边。但是几乎所有的历史学研究者都认为他没吹牛,他有能力和底气完成这个规划。王夫之在《读通鉴论》中把柴荣划归唐太宗李世民一个档次的帝王。尽管他当了六年皇帝就去世了,尽管历史不容假设几乎是一条铁律,尽管这位周世宗在中国的知名度不是很高,但板上钉钉的事实是,这位周世宗和隋炀帝一样,成为第二个在扬州留下印记的伟大帝王。

柴荣即位的时候,距离唐王朝灭亡已经快半个世纪了,这半个世纪在历史上也处于五代十国时期。这个时期用两个字形容就是:黑暗。实际上是唐朝藩镇割据的延续,十几个政权在这段时间次第登场,杀伐不断。军阀残暴到什么地步?举一个很直观的例子,我翻遍《旧五代史》,明文记载有吃人肉行为的节度使级别大将,不完全统计就有十四人之多。为了避免引起不适,原文就不引用了。这是一个怎样的时代,大家可以"脑补"一下。

这个时代,道德沦丧,文化蒙尘,帝王藩镇各怀异心,可能今朝上位明天就人头落地,谁把天下当回事呢?从这个角度来看,喊出那三十年规划的柴荣,实在是一位伟大的帝王。为了剪灭割据势力,柴荣把目光投向了长江中下游早就今不如昔的南唐政权,在954年到958年的五年间三次征讨南唐,尽占南唐淮南地区,把南唐的国境线从淮河推到了长江边上。

扬州也是淮南十四州之一,在唐末一直受到较好的保护,五代前期也因为杨吴和南唐的臂助,虽然受战火波及,但始终没有遭到大的破坏。可惜柴荣攻打南唐的时候,扬州城劫数难逃。

破坏扬州城的,是上一章讲到的南唐中主李璟。由于实力不济,柴荣大军还未到达,守城的南唐军奉李璟之令,烧毁了城内所有的官舍民房,驱逼居民南渡长江。李璟舍不得把一座繁华的大城留给柴荣,以坚壁清野为借口在扬州城搞了个"三光"政策,实在是历史的罪人。

柴荣进城时,全城只有老弱病残数十人。柴荣见此城残破不堪,下令在旧城的东南角,也就是今天的广陵区东南一带,另筑新城,派兵驻守,并且让军队就地建设,屯田以发展民力。为了渡过难关,柴荣还特批地处前线的扬州从敌国南唐进口粮食。长江以南的老百姓本着有钱就赚的想法,哄抬粮价,但是柴荣照单全收,用高出当时价格一倍多的代价购进南唐老百姓的粮食。南唐朝廷得知这一情况之后禁止这种行为,后周干脆发动水军为这些老百姓护航,粮食买卖照样进行。

当时后周财政也不宽裕,柴荣此举实在大得人心,只不过滑稽的是,一千年过去,柴荣惨背黑锅,成了扬州毁城的罪魁祸首,真凶李璟倒是坐享了文质彬彬的好名声。究其原因,无非是人设:柴荣是"三武一宗灭佛"中的那"一宗",征淮南的时候屠了扬州北边的楚州，就是今天的淮安，给人一种杀人如麻的既视感，同时那位中主李璟又是个留下了很多诗词的文人，两边画风的差距导致很多人把扬州城五代末期被毁的事情张冠李戴安到了柴荣头上。

柴荣占据扬州之后，在扬州城南再建新城。根据1987年扬州考古发现，罗城、子城之外，在今天扬州市区附近发现了五代到宋朝的城墙建筑，也许就是柴荣时代修建的。隋炀帝营造江都宫，是把扬州城从蜀冈山上扩到了山下，而柴荣重建扬州城，把城市从北边扩到了南边。

只可惜，隋炀帝留下了墓葬，有理有据为人凭吊，而周世宗死得太早，扬州城在他死后又经历了一次毁城，导致当时的建城规划都没有留下来。

这次毁城，根源在后周的权力迭代。后周开国皇帝名叫郭威，而第二任皇帝柴荣是他的内侄。在灭亡后汉建立后周的战争中，郭威的妻子儿女都被杀害，传统的父死子继行不通，兄终弟及没兄弟，最后选择内侄柴荣做了皇帝。

问题来了，既然内侄能做皇帝，那么外甥能不能？郭威的外甥叫李重进，也是当时有名的大将。为了摆平李重进，郭威在临终的时候特地把李重进叫来，让他对着柴荣下跪，算是定下了柴荣和李重进的关系。

李重进从此对柴荣还算忠心,在征讨淮南的战争中表现出色,被柴荣封为淮南节度使,驻节扬州。但是很快一个糟糕的情况出现了,那就是,柴荣死了,李重进顿时处于道德空窗期。

柴荣死了之后又一个更加糟糕的情况出现了,那就是赵匡胤黄袍加身,夺了后周的权力,建立了北宋。内侄和外甥好歹名分差不多,但是部下篡权算什么呢?李重进比赵匡胤更有政治接班的资格。这下子,李重进成了众矢之的,因为他虽天生不是反贼,但是反贼天生是他。他和柴荣都有合法继位权,又坐镇扬州,和刘濞一样,就算不是反贼,也是反贼了。

箭在弦上,不得不发。面对扬州梦想者向北走还是向南走的问题,李重进的回答是:不走。他不停地上表表忠心,要求放弃兵权到汴梁养老。只能说很傻很天真,因为李重进就算什么也不做,对赵匡胤的皇位合法性也是威胁。扯旗造反尚有一线生机,坐以待毙肯定十死不生。

结果也是这样,赵匡胤派大军兵临城下,没几天工夫就打进了扬州城,李重进全家自焚而死。这位就连契丹都害怕的将军,人生最后一战,用对手五代名将慕容彦超的话说就是:旦旬而下——早上开打,晚上完蛋;用电视剧的话说就是:我还没发力,你就倒下了。

打下扬州城之后,慕容彦超下令:拆。把扬州城城墙主体、防御工事拆了个一干二净。拆得如此彻底,以至于今天的人们压根就没想过扬州曾经是要塞。用今天的话说就是:去军事化。

顺带说一句,打下一个地方然后就把城给拆了去军事化是北宋时期的惯常做法,除了扬州城,还有太原城和灵州城,也就是今天的宁夏灵武,也遭受了这样的厄运。赵宋的本意是防止这些地方再度割据。太原是十国之一北汉的都城,灵州是西夏党项部落的中心城市,这两股势力在宋初兴风作浪,造成了不小的麻烦。但是,拆了要塞对自己的损失更大,敌人用不了,自己也用不了。由于太原城城防被毁,北宋在契丹的侧翼少了一个牵制点。在宋太宗和宋真宗时代的对辽战争中,由于北宋侧翼军事震慑力不足,辽军用极少的兵力保障侧翼,大军没有后顾之忧,而河北被辽军数次打穿。至于灵州城,党项族虽然一时败退,但是宋军也无法在宁夏立足。最后党项建国,史称西夏,是北宋西北自始至终的边患。如果灵州城城防不毁,北宋就能对党项实行有效牵制,断不会闹成后来那样。

扬州城城防被毁的恶果,虽然在北宋时期没有显出端倪，但是到了南宋，扬州成为宋金对峙的前线，如果此时扬州还保有五代柴荣时期的城防设施，大概率不会有那阕著名的《扬州慢》：

> 波心荡、冷月无声。念桥边红药，年年知为谁生。

大帝柴荣在扬州的努力淹没在了朝代的更迭中，但是，他做的另外一件事情则被继承了下来。

第十五章 富而不贵

柴荣因为战争而修建的城池淹没在了历史的尘埃中,但是为发展重开的河道造福了两宋,奠定了宋代扬州城再起的格局。

说起来很有意思,扬州的梦想者们,大概率和运河有关系:开凿邗沟的夫差,开通运盐河的刘濞,还有水殿龙舟的隋炀帝,等等。想要在扬州留名创业,开凿运河基本上是"标配"。

那么,柴荣对扬州运河的贡献又在哪里呢?在征淮南的过程中,柴荣曾经在两个方面对隋朝开通的大运河进行修复和改造。

其一，柴荣曾经发动民工修筑黄河故道。隋唐时期，由于运河主干道是从东向西，其水道有相当一部分借用了黄河的河道——从河南到安徽再到江苏北部的宿迁，黄河故道是运河运力的主要承担者。但是黄河的脾气大家都知道，携带大量泥沙，到哪儿哪儿就淤塞。以后来北宋汴梁段为例，在宋仁宗太平的四十二年间决口二十七次，最严重的几次甚至冲垮了汴梁皇宫的北门，皇帝大人一度在水里办公。可见《清平乐》等一系列电视剧里面描述的北宋宫廷生活是经过美化的，时不时泡在泥水里，生活肯定不如电视剧里那般光鲜。

北宋已经是太平时期了，黄河尚且难以伺候，就别提乱世的唐末五代了。柴荣的时代，运河黄河段一度几乎断流，从河南到宿迁，河道有的甚至消失。柴荣从即位开始，每年都组织民工重修黄河大堤，疏浚河道。这在唐末五代是仅有的大规模修河之举，仅954年黄河宿州段就一次性发动了六万民夫修河。对于南北都有强敌的后周来说，这一点尤为不易，而这次负责修河的李谷，在后来的北宋年间也成为一代名相，对民生多有贡献。

其二，柴荣重修了扬州运河和长江航道的交汇口。在今天扬州仪征市有一个地名叫作"銮江口"，这里的"銮"就是指柴荣的銮驾。此地是五代时期扬州运河和长江的交汇点。司马光《资治通鉴·后周纪五》介绍，柴荣欲引战舰自淮入江，受阻于北神堰，转而想开凿楚州西北的鹳水。手下七嘴八舌都议不行，柴荣亲自勘察地形，确定了可行性方案，立即发动楚州民夫施工，很快打通了运河。当百艘巨舰到达江口的时候，南唐人大惊，以为天神降临。南唐很快就溃不成军，将淮南十四州的膏腴之地割让给了后周。

　　从柴荣的举措中不难看出，柴荣打通河南和江淮的水道，主要出于军事目的，因为想要征讨当时还很强大的南唐，需要大量的军械物资，而只有通过水运才能完成如此巨大的物资调配。但是此举客观上推动了日后扬州经济的发展，也挽救了因为战乱而一时间沉寂的运河河运，让扬州在宋朝再次腾飞有了基础。从这个角度来看，柴荣对扬州的发展是有极大贡献的。

　　但是也要看到，柴荣虽然是不亚于隋炀帝杨广的一代明君，但是因为天妒英才，身后政权被赵宋夺取，扬州由于李重进之乱又一次遭到毁城，再恢复的扬州就已经不再是唐朝时期的扬州了。

　　宋代扬州区别于唐代扬州的一个重要特征就是富而不贵，整座城市的气质开始从大气厚重转向清雅高洁，从高唱

"大江东去"的大汉,开始转变成浅吟低唱的小家碧玉。

这种气质,多亏了北宋时期的一批顶级文人,他们的风流文采在扬州城留下了痕迹,也让这种气质流传了下来。

其中的佼佼者,当数唐宋八大家之一的欧阳修。史籍记载,欧阳修曾经四次到达扬州,其中三次都是路过,而第四次他在扬州居住了十一个月,算是过了一个年。

庆历八年正月,也就是1048年正月,在滁州知州任上的欧阳修接到调令,改任扬州知州。当年二月二十二日到达扬州之后,欧阳修对扬州十分满意,他在大明寺旁边建立了平山堂,取"远山来与此堂平"之意。天气好的时候,从平山堂眺望,能看到镇江的金、焦二山,"平山栏槛倚晴空,山色有无中"也成为名句并流传至今。

欧阳修对于扬州的意义可以和李白比肩。他的平山堂吸引了苏轼、秦观等后辈凭吊,到后来也成为文人墨客挥洒文采的场所。但是和唐诗中扬州的气质不一样,宋代诗词中的扬州更呈现出一种意境深远的感觉。唐朝有关扬州的诗歌,能直观感受到美景、盛景,以及富庶天下的豪气,多是反映外界精彩的镜子,而宋时关于扬州的文学,开始了向内探索的过程。这些文人已经开始摸索如何用自己有限的人生、超脱世俗的眼光,投入无限的人生探索境界中去。

这里我们不做文学上的评论，只去探索这种现象背后的社会现实，那就是这种文学趋向的背后，是扬州富而不贵不争的事实。

从欧阳修的履历可以看出，曾经担任参知政事副宰相的欧阳修，由于支持范仲淹的新政而被贬谪，贬谪之路很是漫长，扬州只是他的一个贬所而已。春风得意之时人只会看到外界，只有历经挫折和沧桑，人才会向内探索。隋唐时期扬州地区是官员高升的重镇，而到了宋朝则是左迁贬谪的安置处，这本身就说明了扬州城的降格。

今天扬州市邵伯镇邵伯船闸附近有一个初建于北宋仁宗年间的园子，叫作"斗野园"，因为曾有北宋文人在此饮酒赋诗而得名，这些人包括但不限于苏轼、黄庭坚、秦观，甚至还有后来的元祐党人。来此的文人无不是政坛失意、寄情山水之人。他们的失意和扬州城北宋时期的降格是同步的。扬州城的降格，和柴荣的短命有很大的关系，前面已经做过详细的说明。如果说隋炀帝将扬州托举到了富贵无双、飞龙在天的地位，让现在的扬州人时时怀念的话，那么周世宗柴荣早亡则把扬州打造成了一件残缺的瓷器，很多人会对瓷器的缺憾感到惋惜，但是这种缺憾又何尝不是一种独特的魅力呢？

城市的历史往往和人生一样,功成名就往往只是偶然,平凡才是主旋律。成功者都是一样的意气风发,而失意者面对挫折的态度,才是区分人格档次的重要指标。扬州城在北宋时期散发出一种独特的魅力,这种魅力也是扬州今天的底色。欧阳修和苏轼们的梦想是什么?可以说没什么伟大的东西。他们来到扬州的时候都是四五十岁的年龄,多年的儒家传统教育教导他们有所为有所不为,但是鬓角的白发和稀松的牙齿时刻提醒着他们心有余而力不足,退而求其次的他们只能追求以有限的生命去探寻一些无限的精神。很难总结他们对扬州城到底有什么具体的影响,但是他们让扬州脱离了两汉、隋唐繁华的一时喧嚣,展现给人们和历史一些永恒的东西,这些永恒的东西直到今天我们仍在追寻,那就足够诠释他们的贡献了。

第十六章 一地三城

今天的扬州人谈到扬州的历史面貌时,总把唐、宋两个时期并称,但是唐代扬州和宋代扬州迥然不同,而北宋扬州又和南宋扬州迥然不同。在唐宋的六百余年间,扬州一直在做可悲的减法,从唐朝时期的既富且贵,到北宋时期的富而不贵,再到南宋干脆成了不富不贵。

这里的原因也不难理解,那就是1127年靖康之变,北宋灭亡,北方领土再度沦丧,扬州再次成为南北拉锯的前线。但这次南北拉锯的烈度,远超七百年前的南北朝时期。

南北朝时期扬州虽也处于南北之间的拉锯地带,但是那时候双方都以华夏正统自居。大家还记得刘裕出兵北上灭南燕的直接原因是什么吗?是南燕末代皇帝慕容超没事找事突袭宿迁,掳走了不到三千平民,这件事被刘裕当成借口,派兵灭了南燕。当时,无论是南边的宋齐梁陈,还是北边的魏齐周隋,都以自己是彬彬有礼的华夏正统自居,攻城略地可以,烧杀抢掠屠城明面上不行,大家都有道德底线。

但这一套对北宋末年如狼似虎的金兵来说是行不通的,金兵压根就没把自己当成这块土地的主人,每次南下就是烧杀抢掠一番便回去了。偏偏金人又骁勇善战,地处南北拉锯中心的扬州,自然就不复旧观,开始变得一塌糊涂。

靖康之变后不久,康王赵构在商丘登基,是为宋高宗,也是南宋的第一个皇帝。金人肯定不愿意宋朝就在自己的眼皮底下东山再起,于是发动了旨在追击赵构的"特别军事行动",把赵构当兔子一般从商丘赶到徐州,再赶到建康和扬州。《说岳全传》将金人对宋高宗从称帝到安定在临安的这段时间的追击,形象地描述为"搜山检海捉赵构"。

1129年年初,赵构的南宋朝廷驻跸扬州。金人派精兵四千人从天长出发,由北向南对扬州城展开奇袭,还没等金兵兵临城下,赵构就带着文武大臣逃出了扬州。是日晚,金兵先头部队五百精锐骑兵进入扬州,大肆抢掠,纵火焚烧摘星楼(李白诗里提到的"手可摘星辰"之楼)。第二天金兵追至瓜洲渡口，这时没有渡江的难民有二十万人左右，一见金兵冲到，有两万多老弱妇孺立刻奔逃堕江而死，江面上到处是死尸，在岸边的难民则被拔刀乱杀的金兵砍得血污狼藉，惨不忍睹。年轻壮丁和年轻妇女都被驱赶回城，最后被掳掠到北方。在瓜洲渡口，遍地都是被丢弃的金帛珠玉，任凭金兵和来自北方的金国仆从军取拾，官府案牍、朝廷仪物则堆积如山。在这次战乱中，宋朝皇室的所谓尊严全都丢掉了。

就在这一天，金兵后续人马三千五百人陆续从天长进入扬州，扬州城被一抢而空，未及逃出的近万名宫女和朝官女眷也全被掳去。金兵在扬州城内掳劫半个月之后，满载女子、玉帛北去。他们在退出扬州时纵火焚城，城中所有建筑物全被烧毁。这一场劫难一方面是因为南宋朝廷软弱无能，另一方面则是李重进之乱之后赵匡胤毁弃城防的恶果。扬州城本来是一座据蜀冈制高点控扼江淮的要塞，却被几千名远道而来的金兵一举攻破。如果这座城市的城防工事还能有柴荣时代的规模，绝不会丢得如此快。

南宋朝廷很快就意识到了这一点。1161年，中书舍人虞允文在采石之战中大败金帝完颜亮，为后世留下了"楼船夜雪瓜洲渡"的典故的同时，也把宋金之间的势力范围稳定了下来。扬州正式成为宋金交界的桥头堡，开始了又一次的要塞化。

南宋时期的扬州城防务的最大特点莫过于"一地三城",也就是说扬州一地有三座城池。最北边的叫作宝祐城,它在当时又被称为"堡寨""堡城",从名字就能看出,这座堡城完全是用于军事的。这座堡城绵延于蜀冈之上,从1175年起,在近百年的时间中一直在完善和修缮。

最南边的城池叫作宋大城。宋大城基本上就是现在扬州老城区的范围,在当时也是居民区,是一个近乎标准的南北长东西窄的长方形,南边到文汇路,北边到万福西路,东边到泰州路,西边到大学南路和扬子江路一带。东关街东头的东门遗址便是宋大城的东门,1995年考古发现,西门遗址位于四望亭路上,还留有残存的城墙。根据史料记载,当时的宋大城还通过道路将整个区域一分为四,两条道路的交会点便是今天的文昌阁。可见虽然宋大城的城墙已经消失,但是从南宋以来划定的扬州城主要的巷道规划很好地保存了下来。如果说南京是一个琳琅满目的古董铺子,那么扬州就是一座虽然古老但是至今依然在使用的桥,徜徉在老城区中,几乎每一条巷道、每一条小径都有大几百年的历史。贩夫走卒的烟火气可能从未散过,城市的气质一直被继承下来。

而宋大城和宝祐城之间,有一座连接两城的别有特色的长方形城池,名叫宋夹城,即现在的宋夹城遗址公园。宋夹城地处笔架山上,呈狭长的方形,实际上起到了一个瓮城的作用,也起到了间隔军事和民事的作用。这座瓮城一改一般环城而建的传统,借助山势和水势建成了一座夹城。今天的宋夹城是人们休闲运动的好去处,是扬州北区体育公园的一部分,内有篮球场、射箭馆、足球场,还有露天戏台,常常能看到大爷大妈们在此遛鸟、跳广场舞。不过在八百年前,这里远没有今天这般繁荣,那时这里行色匆匆、面带忧虑的往往是军人。作为前线的扬州也绝对谈不上繁华,从第一代筑城者郭棣到后来的李全,都是南宋的边将,他们无心享受身后的烟火气息,眼睛始终警惕地盯着北方。原因无他,当时的扬州之于临安比南北朝时期扬州之于南京要重要得多,因为这个时候,南运河已经承担了南宋王朝漕运的重任。这段南运河北起京口,南到临安,要是京口对面的扬州陷落,那么控制了南运河入口的北方政权就能很容易封锁河口,并且沿着内河一路入侵,南宋的国防系统很快就要崩溃,难怪那个被称为南宋第一奸臣的贾似道也要下令"复广陵旧城"了。

南宋朝廷近百年的苦心经营,实现了扬州"一地三城"的特色格局,也熬死了北边的金国。但是很快,蒙古便取代了金国,成为南宋最大的对手,也是南宋的掘墓人。南宋末期,这座城市的最后一位镇守者叫作李庭芝。

第十七章 风流散去

李庭芝,当第一次听到这个名字的时候,我第一时间想到了盛唐年间著名将军、高丽人高仙芝。因为一个雄赳赳的武夫,用"芝"这个偏女性化的字当名字的比较少见。高仙芝由于小时候面容姣好、长相清秀,其父母便为他取了一个"芝"字作为名。在唐朝开元年间,高仙芝是最后一位在西域有所作为的名将。河西走廊在高仙芝的努力下再次回到大唐的控制范围,甚至还把触手伸到了中华以外的城域,751年和当时如日中天的阿拉伯帝国(黑衣大食)在怛罗斯城(今哈萨克斯坦江布尔城附近)掰了掰手腕,一度成为那个时代离西方强势文明最近的中国人。可是随着安史之乱的突然到来,一代名将被冤杀在长安陷落之前,令人久久不能释怀。

而这位名字中同样有个"芝"字的李庭芝将军,则是因其出生前房前庭院中长了一株芝兰草而被父母取名为"庭芝"。这位李庭芝的人生轨迹也和高仙芝类似,有着出类拔萃的才华,却因为大厦将倾独木难支,最后身赴国难,给后人留下了无尽的叹息。

李庭芝,随州(今湖北随州)人,从小就生活在兵荒马乱中。李庭芝幼年时,金还是南宋朝廷主要的国防压力,湖北长江一线也是宋、金的交战缓冲区,兵乱无数,民众流离失所。目睹这一切的李庭芝立下了日后为国守边、保境安民的志向。

难能可贵的是,李庭芝是那个时代少有的关注民生的人,并且他敏锐地意识到,虽然国防压力在前,但是自家官吏盘剥百姓的情况也很严重,甚至在一些情况下国家之间的矛盾都没有人民和官府的矛盾来得尖锐。他十八岁的时候,目睹随州当地太守盘剥百姓,便和父亲说:"王公(当时太守姓王)贪而不恤下,下多怨之,随必乱。"结果十几天之后随州果然出现了叛乱,给当地造成了很大的损失。

虽然李庭芝心怀天下,眼光独特,但是考试能力着实不行,科举总是考不上。报国无门的李庭芝一咬牙一跺脚,投身军营效力。这个时候的南宋由于面临强大的国防压力,大量有识之士参军,北宋时期那种只有地痞流氓才去当兵的情况已经大为改观。李庭芝参军的那一年是1240年。

李庭芝最早投效的是控扼长江上游巴蜀的将军孟珙,孟珙给了他一个县城,让他主持县城的防务。李庭芝另辟蹊径,他认为防线是否牢固根本在于当地人能否吃饱。他大力关注民生,开凿水渠,屯田种粮,大搞生产运动,一时间被当成异类。但是久而久之大家发现,李庭芝的军队好像也没有经过特别训练,但是战斗力就是强。孟珙得知这一情况后,十分赞赏李庭芝的才干,命令大力推广李庭芝的经验。根据《宋史·孟珙传》的记载,从秭归到汉水,从长江上游到下游,孟珙采取李庭芝的办法开辟良田数千顷,军队士气大振,蒙古兵的进攻都被孟珙强有力地顶了回去,一时间名将之称响彻军中。

这么有本事的人,当然是哪里需要往哪里搬了。1260年,李庭芝被调往战略要地江淮主持工作,担任两淮制置使,治所便在扬州。

当时的扬州,基本上和《扬州慢》中记载的一样,"望中犹记,烽火扬州路"。扬州被多年的战乱打成了烂摊子,加上1259年扬州城闹了一场大火,几乎被烧成了白地,是个让人看了绝对不会感到乐观的地方。

李庭芝就任之后,"悉贷民负逋,假钱使为屋",就是拿出自己的积蓄,借钱给老百姓买材料盖房子,并且在第二年房屋建成之后,免去了老百姓和低级官员的债务。

解决了居住问题,李庭芝立马解决吃饭问题。在任的第三年,他"凿河四十里入金沙余庆场,以省车运。兼浚他运河,放亭户负盐二百余万。亭民无车运之劳,又得免所负,逃者皆来归,盐利大兴"。

此举可不简单,李庭芝发动民夫,开凿了四十里的河道。今天几乎已经无从考证李庭芝的这四十里河道具体开在什么位置,但是从描述来看,这条河通入了金沙余庆场,这是当时的盐场,并且还解决了产供销一条龙的问题,以往部分需要陆路运输的盐完全可以走水运了。李庭芝大概做的是,在沟通东西向运盐运河的同时,也将它和南北向的运河连成一体。这个工程不仅需要充足的启动资金,还需要对当时运河河道进行仔细勘察。李庭芝来扬州不到三年,能在北方尚有侵略者的情况下做到这一点,可见李庭芝其人并非泛泛之辈,更不是只会喊打喊杀的大老粗,而是一个类似儒将的人物。

但是,这样一位名将,很多人对他评价不高,就算最后他和史可法、文天祥一样为国殉职,依旧有人不承认他是民族英雄。有个原因是此人比较贪财,主政一方的时候有聚敛行为。在扬州任上不到一年,他就以私蓄几乎重建了全城的房屋,并且承担了开凿四十里运河的费用,还免去了盐工的费用。这足以说明他在之前的任上中饱私囊,捞足油水,不是一个纯粹的人。

但是,如果因为聚敛就否定李庭芝,这也是严重不符合事实的。由于李庭芝的努力,淮南的老百姓能在大兵压境的时期过上难得的富庶生活,这一历史上的大功绩不容抹杀。此外,李庭芝中饱私囊也许是事实,但是中饱私囊却拿出来公用,这也是铁一般的事实,可以说是非常时期行非常之事。

更何况,李庭芝也没有忽视了道德文章,他在扬州城内还掀起了规模不小的学习活动。"大修学,为诗书、俎豆,与士行习射礼",意思是恢复古时候的祭祀行为,从传统文化中汲取力量,更注重六艺之一射箭的修习力度,修文于武。民众吃饱了肚子,武装了头脑,学习了战法,淮南防务水平在短时间内大幅提升。

在今天的扬州城中,只有宋夹城城北靠近护城河的地方立有李庭芝纪念碑。这里就是李庭芝在扬州期间和元军交战的地方。李庭芝以平山堂为核心阵地,依托宝祐城,对入侵的元军进行了反攻。当时骄横的元军天下无敌,打仗的时候只有追着别人打的份儿,哪会想到有人竟敢和自己对阵,于是阵脚大乱,被迫后撤。结果元军后撤的时候才发现,李庭芝已经事先调兵遣将,从蜀冈西峰和东门悄悄派遣军队抄了元军的后路,对元军进行了反包围,这股元军很快就被全歼。

这一战虽然战果不是很大,但是敢于野战设伏"包饺子"打歼灭战,这对当时横扫欧亚的蒙古军还是造成了极大的震动。淮南局势一时间稳定了下来,在乱世中短暂地成为一块世外桃源。不管后人如何评价,当时的扬州人对李庭芝的赞誉,足以匹配之前那些伟大的帝王。

第十八章 城生人生

李庭芝在打退了元军之后,被调往江汉地区,参加了著名的襄阳保卫战。这场襄阳保卫战在金庸先生的《倚天屠龙记》中有所提及,就是郭靖、黄蓉以身殉国的那场战役。这场战役标志着南宋政权彻底进入了倒计时,生命线长江防线被一刀两断,元军于1273年夺取襄阳之后,开始顺江东下,进攻南宋朝廷的心脏地区。

兵败的李庭芝被朝廷贬到了京口,因局势危急,他又被朝廷起用,回到了数年前战斗过的老地方扬州。很明显,前一次李庭芝镇守扬州给元朝廷留下的教训实在过于刻骨铭心,导致一代雄主忽必烈对他印象极深。忽必烈给进攻临安的指挥官的诏书中居然有这么一句话:"淮南重地,李庭芝狡诈。"这是忽必烈在灭宋战争中最为看重的一位南宋将领,虽然"狡诈"这个词不是什么好词,但是从敌方最高统帅嘴里面说出来,着实是最高评价。

那位前敌指挥官忠实执行了忽必烈的指示,专门分兵镇江,挡住李庭芝增援临安的步伐,并且率军将扬州城团团围住。1275年,随着元军兵临临安城下,李庭芝和部将姜才据城死守扬州,一直坚持了一年多,才因为弹尽粮绝丢掉城池。在这一年多中,周边地区相继失陷,但李庭芝始终不为所动。到最后,临安都丢了。事实上,南宋朝廷都灭亡了,南宋末代皇帝宋恭帝和谢太后也被元军俘虏到扬州城下,劝降李庭芝,场面十分悲壮。谢太后说:"你尽忠为国,天下无人不知你的忠心,你也尽到了自己的本分,今天你看到我和皇帝,也该了解我的意思了,不要做无谓的抵抗了,我和皇帝都已经投降,你为了谁坚守扬州呢?"

李庭芝在城墙上回答:"我只接受过坚守的诏令,没接受过投降的诏令。"说完下令放箭。守军打开城门反攻,意图抢回少帝和太后,但是没有成功。按理来说,一般臣子做到这个份儿上已经履行了自己的本分,君主都投降了,也没有战斗的意义,将领自谋出路转投他人便算不得变节。比如大名鼎鼎的杨家将杨老令公,就是在北汉国主刘继元投降之后才投降宋朝的,也没有影响他忠臣良将的评价。但是李庭芝不为所动,扬州城全体军民反而士气高昂,继续投入这场注定失败的守城战中,在君主投降的情况下还坚持奋战,历史上怕找不到第二个了。

有人曾经问过,怎么样才叫作为梦想奋斗?也许李庭芝给了我们一个答案,那就是明知不可为、不必为而为之。现实主义者们决策之前都要对风险进行评估,这本身并没有错,但是明知不可为而为之往往更令人着迷。我一直以为,这种行为只是为了道德上的褒奖。但是后来想想,这种想法很幼稚。因为能不顾得失的人,必有自己的准则;能不顾现实的人,必有自己的坚持。

李庭芝的故事,让我想到了孤帆掌独舵的罗马末代皇帝君士坦丁十一世。这位顶着罗马历史传奇之名的君士坦丁皇帝即位的时候,辉煌了两千年的罗马帝国(此时也被称为拜占庭)几乎只剩下了君士坦丁堡一座孤城。奥斯曼苏丹穆罕默德二世对拜占庭表达了自己的敬意,表示如果君士坦丁十一世能够投降,那么他依然能够在昔日罗马帝国的任何一个行省维持罗马皇帝的尊严。但是君士坦丁十一世拒绝了,他明白也许行省要比君士坦丁堡大很多,他也知道罗马已经成为废墟，不可能挡住奥斯曼的铁蹄，东正教世界已经事实上灭亡，他没有任何可以守护的东西了，但是他还是坚持死守孤城，在城破之日率领卫队血战到最后一刻，尸骨无存。

他们一定有值得坚守的东西，尽管今天的我们并不能十分理解。

值得一提的是，坚守了一年多的扬州城是南宋长江防线被元朝攻破之后坚守最为长久的城市，按照当时元朝的一贯做法，这种宁死不降的死硬城市，免不了被屠的命运。但是《元史》并没有记载扬州发生过屠城，只是处死了力竭被俘的李庭芝和姜才。虽然说没记载不代表没有，但是扬州在元朝统治下经济复苏极快，如果发生了类似于后世"扬州十日"这样的屠城，是不可能很快恢复元气的。可见南宋末年扬州陷落后并没有发生大规模的屠城事件，其原因可能是当时天下已定，再屠城已毫无意义，但是这何尝不是英雄惜英雄，对李庭芝的尊敬让元朝统治者手下留情了呢？

扬州人民不会忘记李庭芝和姜才。在今天市中心文昌阁西，有一座百盛商业广场，如果你问起老扬州人，可能很多人会记得百盛广场原址有一条双忠祠巷，并且有一座双忠祠，这便是当时扬州人民为了纪念李庭芝和姜才修建的。这个祠堂连祠带路都在20世纪80年代的琼花观-文昌路拓宽工程中被拆除了,这也是李庭芝知名度不高的根本原因,也是这座城市的遗憾。

"人生自古谁无死?留取丹心照汗青。"每当提起南宋末年的民族英雄,人们总会想起文天祥和他的这首《过零丁洋》。历史上,正是李庭芝的军事行动,给了文天祥莫大的勇气。对于李庭芝率部浴血苦战的巨大战果,文天祥看得十分清楚,他在扬州保卫战期间曾经发表过如下评论:"淮东坚壁,闽、广全城,若与敌血战,万一得捷,则命淮师以截其后,国事犹可为也。"(《续资治通鉴》卷一百八十二)可见,正是李庭芝率领的扬州守军的坚守,才给了文天祥在大厦将倾的时代无比的信心和希望。

除了文天祥,还有一位南宋末年的重要人物和李庭芝有关。这个人就是南宋末代宰相陆秀夫,他在扬州保卫战之前曾经和李庭芝并肩作战,后突围出城来到南方,在文天祥失败之后继续领导抗元斗争,直到最后崖山海战兵败,他背着小皇帝投海自尽,算是尽到了南宋末相的本分。今天,文天祥、陆秀夫的大名世人皆知,而李庭芝的知名度却不是很高,对于扬州人而言,这未免有些不公平。但是对于面对皇帝投降却能坚守内心的李庭芝而言,知名度也许是最不重要的东西了。

第十九章 大哉乾元

"崖山之后无中国,明亡之后无华夏。"这两句评语是日本学者对南宋和明朝灭亡后的评语,意思是华夏正统由于两次被外族征服,文脉已经断绝。

这个评语自然夸大其词,但是两次亡于外族造成的民族割裂感这个事实却存在,以至于历史爱好者们对待元朝和清朝两朝历史的时候都会带着纠结和矛盾的心理,小心翼翼地维护民族自尊心,像是看一件易碎品一样。清朝可能还好一些,毕竟是享国近三百年的大王朝,而不足百年就灭亡的元朝,常常就被下意识和无意识地忽略了,甚至对这个王朝缺乏基础的印象。

对于扬州来说，元朝是两宋数百年漫长下坡路的休止符，也是城市重新崛起的起搏器。

既然重新崛起，那就不必再走两千年来要塞的老路子了。随着李庭芝的抵抗结束，宝祐城和宋夹城作为军事设施因损毁严重，逐渐废弛荒凉了下来，原本作为居民区的宋大城开始繁荣。从扬州兵败到扬州重新繁荣，不过五六年，可见李庭芝的抵抗给这座城市带来的更多是尊重。

李庭芝守城的几年后，一个威尼斯的商人来到了扬州，这个人就是马可·波罗，他在中国沿着大运河游历了十几年，回到故乡之后被俘入狱，和狱友合作写作了辉煌与争议并存的《马可·波罗游记》。虽然很多人质疑这部书马可·波罗吹牛的成分比较多，甚至有可能其本人并没有亲身经历过这段旅程，但是经过交叉比对，这部书的真实性是可以基本保证的，马可·波罗的确是游历了元代中国的大部分地区。《马可·波罗游记》虽然着墨最多的中国城市是当时世界上平地而起的最早的街巷制都市元大都，但是他也能让我们从只言片语中了解到当时扬州的地位。马可·波罗对扬州的记载，有几个细节是耐人寻味的。

首先，马可·波罗对扬州的政治地位有着准确的描述。马可·波罗叙述：泰州东南（有误）有一座名叫扬州的大城，此城极大，极有权力，共有二十七个别的城市属于它。这座城被选为十二省城之一，所以大可汗的十二位总督在此办公。

很显然，马可·波罗的描述并非十分准确，他误以为扬州下面管二十七个别的城市，也误以为当时的元王朝有十二个"省"。而实际上是，元朝取代了南宋之后，把宋代行政区划的路化为省。

化路为省，不只是换了名字，还升格了政治地位。元代的省又叫行省，全称为"行中书省"。中书省是中央政府机构，由于元朝是游牧王朝，中央政府往往是流动的，而行中书省意味着有中书省的职能，作为行省的主管城市，是有一部分中央政府职能和职权的。根据学者钱穆的说法，元朝政府所设的行中书省意为"行动的中书省"，即中央政府为维护其统治在地方行政上所设的全权机关。扬州在那个时候的地位，放在今天，介于省会和直辖市之间，用一个现代词语来类比，叫作"计划单列市"比较合适。

为何这个时期扬州地位又迅速崛起了呢？这和元朝的特殊性有直接关联。建立元朝的主体民族是蒙古族，从13世纪开始崛起到最后退出历史舞台中心，概括来说，它在政治上最大的特点就是原始的实用主义。什么好用，什么有用，就用啥,至于别人怎么说,元朝统治者管不着。汉族传统儒家的那一套,根本行不通。

很明显的一个例子就是,在元朝时期,各种宗教都有长足发展。元朝廷只要觉得有用,就"拿来主义",给宗教人士封官许愿。道教讲究养生、祈福,好,就把丘处机封为大神仙;佛教讲究不闹事,修行待来生,好,就把八斯巴封为国师,全国布道;至于伊斯兰教和基督教,教义理解起来可能不是太容易,但是各种烦琐的宗教仪式对于文化匮乏的蒙古人来说十分受用,加上这些教众很多都是商人,来往贸易,赋税充足,自然也大受欢迎。所以马可·波罗在描写扬州市民生活的时候还用了这样一句话:人民是偶像崇拜者,以商业和手工业维持生活。

马可·波罗本人是天主教教徒,基督教是反对偶像崇拜的,所以他口中的"偶像崇拜者",意思是扬州百姓信教的人很多,并且宗教很杂,信什么的都有。宗教如此百花齐放,在中国的历史上怕是只有元朝了。

现在扬州古运河畔,文昌路和泰州路的交界处还留有元朝宗教繁盛的遗迹,这便是普哈丁园。作为一个景点,它常常被人忽视;作为一个伊斯兰教的宗教场所,老百姓平时也不会没事来玩。普哈丁园的主人普哈丁是一个来自阿拉伯的虔诚穆斯林,据传是伊斯兰教创始人穆罕默德的第十六世裔孙,在国内颇有德望,于南宋末年来到扬州,并在李庭芝守城战之前去世,1275年埋葬于此(园前说明写建于南宋,但是斯时元朝已经建立,南宋行将灭亡)。在扬州期间,他弘扬伊斯兰教,扶弱济贫,广交朋友,做了不少好事,得到扬州地方民间人士的拥戴和官方的礼遇。

普哈丁主持建造了著名的仙鹤寺,仙鹤寺与广州的怀圣寺、泉州的清净寺、杭州的凤凰寺齐名,同为我国东南沿海伊斯兰教的四大清真寺。而普哈丁墓在元朝时期由于穆斯林的大幅增加,不断扩建到今天的规模。虽然它是一座墓园,但是功能齐全,建筑极具特色。普哈丁墓园面对古运河,西向依冈而筑,表示不忘西域故土。拱形门上嵌"西域先贤普哈丁之墓"石额。入门向右有一拱门,内有一座清真寺,直对大门的是石阶甬道,石阶两旁有老百姓喜闻乐见的浮雕石栏,雕着狮子戏球、鲤鱼跳龙门、三羊(阳)开泰等吉祥图案,渗透出浓厚的中国传统文化气息。台阶到顶即达墓区门厅,门厅上方嵌有"天方矩"石额。"天方矩"意为来自阿拉伯的典范人物。门厅面东有一阿拉伯文石额,意为"这一类人在真主面前是高贵的"。过门厅是一座幽静的院落,院中有一株近八百年的古银杏树,虽已被雷劈成两半,但仍然枝繁叶茂,浓荫覆盖。它陪伴墓主人度过了世间沧桑,是历史的活的见证,可以反映元朝时期扬州伊斯兰教的繁盛。

元朝统治者务实的另外一个方面,就是对财政的重视超过了任何一个汉族王朝。儒家强调君子耻于谈利,哪怕再高明的财政专家,在传统汉族王朝中也不受重视,最典型的例子就是盛唐年间财政专家裴耀卿(首任扬州盐铁转运使)和刘晏。天宝时期经济空前繁荣离不开这二位的努力,但是千百年来一说到大唐名相,这二位怕是连前二十都进不去,财政官员地位不高令人无奈。但是财政官员的地位到了元朝时期大为改观,元朝廷对能调配财富的技术官员青眼有加。有元一代,财政官员的地位是中国王朝中最高的。

行家一出手,就知有没有。既然要捞钱,扬州必然是核心地方。在马可·波罗的笔下,扬州繁盛主要依靠两点:第一,盐业;第二,运河。说到底,这两者不是什么新鲜事物,但是彻底开发经济潜力,甚至奠定明、清两朝扬州经济格局的,就是这两者。

第二十章 无心插柳

> 随后又到达一座建筑坚固的大市镇——真州,这里有大量的盐可供给邻近各省。大汗从这种盐务所收入的税款,其数量之多,几乎令人无法置信。
>
> ——《马可·波罗游记》

真州就是今天扬州市仪征的古称。在南宋时期,由于南北分治,洛阳也不再是核心地区。"绍兴初,以金兵蹂践淮南,犹未退师。四年(1134年),诏烧毁扬州湾头港口闸、泰州姜堰、通州白莆堰,其余诸堰并令守臣开决焚毁,务要不通敌船。又诏宣抚司毁拆真、扬堰闸及真州陈公塘,无令走入运河,以资敌用。"也就是说,南宋建立初始,就把江淮一线北到湾头、东到南通通州、西到仪征的所有水利设施统统毁掉,把隋唐以来的大运河截断,只留下镇江到杭州一段江南运河以做漕运之用。宋、金对峙,战火不断,当元朝建立时,眼前的运河系统就是一个烂摊子。

元世祖忽必烈定都大都的时候,便着手考量未来运河漕运的发展,在统一全国之后,着手完成运河的第二次全国大沟通。这一次的运河大沟通最大的特点便是运河不再绕道洛阳,而是直接从大都通到江南。这一过程被俗称为"中国大运河的裁弯取直",经过裁弯取直,运河直通南北,大江横贯东西,位于长江北岸的真州迅速发展了起来,不到十年的时间,就发展成马可·波罗笔下的这个样子。

真州漕运的核心便是盐,而元代的盐业经营很有特色:其一,现钱买引;其二,将盐钞与盐引合并,只需盐引和勘合;其三,自买引、验引支盐、批引到拘收退引相当细密。

总结起来,从元朝开始,盐业的运营就不同于汉唐时代的官方垄断,而是引入了市场许可,官方出售盐引,也就是卖盐的许可,由私人负责买卖和分销,这个过程全程处于朝廷的监管之下。

这么听起来是不是很耳熟?是的,后来威震天下、富甲一方的扬州盐商,就是在这个模式中成长起来的。官商合办、官督商办的盐业模式,成熟于元朝。这样既能保证足够的税收,又能充分调动商人的积极性。像扬州这样坐拥运河和长江航运的城市,就是在这种经济体制之下彻底激发了活力。被富庶景象吸引的马可·波罗忠实地记载了这一切。

那么,马可·波罗为什么会来到扬州?作为梦想者的他,来到扬州的目的是什么呢?这方面的材料很少,马可·波罗也没有留下什么文字资料能够说明他不远万里来到中国的原因。我们也只能通过马可·波罗的经历和出身,大概找到一个说得过去的理由。

马可·波罗出生在13世纪中期的威尼斯,这个时候欧洲正处于中世纪的尾巴,混乱和秩序、愚昧和进步、迷信和科学并行。文艺复兴和启蒙运动的曙光还未照射到在西罗马帝国灭亡八百年后一直处于分化和混乱的欧洲。

这时候欧洲的宗教也经历了东、西教会大分裂,天主教、东正教势不两立,而以伊斯兰教立国的奥斯曼也很快在不远的未来于中亚崛起,到处都是异教徒,到处都是十字军,到处都是一片乱象。

混乱的时候,人们往往会追求现实的利益,以黄金和香料为主的财富是当时人们所渴求的。威尼斯正好位于亚平宁半岛北部、亚得里亚海海滨,海上通道的畅通可以让他们畅游欧、亚、非三大洲,在贸易中取得巨大的利益。当时,威尼斯和热亚那(这两个都是当时著名的城市国家,意大利作为一个民族国家要到19世纪时才建立)的海军世界闻名,其地位直到地理大发现之后才被西班牙和大英帝国取代。而威尼斯商人也和中国的徽商、晋商一样,成为闻名的商业群体。

威尼斯商人的形象,莎翁在其戏剧《威尼斯商人》中已经具体描绘过。割肉还债也许是文学的修饰,但是精明和唯利是图是现实的标签。作为威尼斯商人的马可·波罗来到中国的目的——赚钱——是不言而喻的。

当时的元朝,还真是马可·波罗这样的人赚钱的好地方,因为元朝在当时把人分成了四等:第一等是蒙古人,第二等是色目人,第三等是北方的汉族人和契丹、女真等族,第四等是南方的汉族人和少数民族。色目人就是眼睛不是黑色的外国人,马可·波罗就属于这一类。可以说,一踏足中国的土地,马可·波罗就成了上等居民,这样的上等居民在元朝有优先为官的资格,并且拥有各种特权。加上马可·波罗的父亲和叔叔曾经来过中国,为马可·波罗在中国铺平了道路。他曾经受到忽必烈的任命,在扬州为官三年。在游记中他把自己描述成扬州的一把手,这有些言过其实了,但是他曾经在扬州为官,这是肯定的。

那么,有个问题来了,马可·波罗在扬州乃至在中国其他地方为官的时候,有没有从事什么商业活动呢?难道马可·波罗千辛万苦沿着父亲和叔叔的足迹来到当时强盛的东方,只是旅游的吗?我的答案是肯定有的,并且马可·波罗很可能挣得盆满钵满。

在中国逗留二十年左右之后,马可·波罗在13世纪的最后几年从小亚细亚借道,回到了威尼斯,很快在1298年参加了威尼斯和热那亚之间的战争。这场今天看来类似蜗牛角之争的海战实际上影响深远,知名度却不高,只是因为马可·波罗在这场战争中当了俘虏才被世界所知。

当了战俘的马可·波罗在狱中口述了自己的游记,让狱友记录整理。由于自己当了同是商业城邦热亚那的俘虏,他很可能在游记中略去了自己经商赚钱的方式,只是整理了自己的游记,以供消遣。

之所以说《马可·波罗游记》只是狱中的消遣,是因为马可·波罗1299年就支付了大笔赎金出狱回到威尼斯,度过了余生。又无深仇大恨,也不是皇帝领主,对于热亚那来说,收一大笔赎金就把马可·波罗放了,也是一笔不赔的买卖。从支付赎金这点可以看出，马可·波罗的东方之行让他积累了大量的财富。

有趣的是，马可·波罗自己也没有想到，这本游记很快风靡欧洲，自己从一个闷声发大财的商人变成了流量之星，彻底红了。人红是非多，这本游记让马可·波罗人生的最后几十年深受争议，很多人认为他就是个哗众取宠的骗子，以至于临终时牧师让他忏悔，是否有欺骗人的罪过的时候，此君大受刺激，一个劲儿保证自己的叙述是真实的，把牧师都吓了一跳。可见，后世彪炳的《马可·波罗游记》对当事人而言，带来的荣耀远没有麻烦多。一生精明的马可·波罗在写游记这件事上，怕是做了桩赔本生意。他很可能会后悔自己在热亚那的监狱中做的这件消遣事情。

在和扬州有关的梦想者中，格调最低的，恐怕就是这个色目人了。他的梦想只有两个字——赚钱。在基督教世界崩坏的那个时代，他的信仰也未必虔诚。他写下游记的动机也很可能是消遣，和立德、立功、立言的中国人比实在是提不上嘴。他留下的财富大概率也没有惠及子孙。但正是这部出身格调不高的游记，和无数立言的著作分庭抗礼。无心插柳柳成荫，这也是历史的魅力之所在。

第二十一章 纯者无敌

元朝时期,像马可·波罗这样的特权阶级活得越滋润,底层老百姓的负担就越重。在马可·波罗躺在威尼斯家中的椅子上颐养天年的时候,他大概没想到,此时他记忆中的那个富庶且强大的元帝国已经烽烟四起,摇摇欲坠了。

祸不单行的是,作为元代的"钱袋子",江淮地区屡遭天灾,其中在1344年同时发生了旱灾、蝗灾和瘟疫。三大灾星三位一体给淮南地区几乎造成了毁灭性的打击,元朝廷不仅不开仓赈灾,还变本加厉地搜刮,江淮地区百姓苦不堪言,农民起义蜂拥而起。

泰州白驹场亭民张士诚自1353年起兵,短短几年内便迅速占领了淮东、浙西地区,并在扬州路高邮府建立过大周政权,成为实力雄厚的一方割据势力。所谓"亭民",就是卖盐的盐户。早在唐朝中叶,朝廷为了统一管理,就将沿海的盐民编造成册;世代煮盐。泰州一直以来都以盐业为主,出生于泰州的张士诚就是当地一个普通的亭民,过着有上顿没下顿的苦日子,到最后官逼民反,揭竿而起,是无奈,也是历史的必然。

张士诚之所以在中国历史上有知名度,是因为他是朱元璋统一江淮过程中最难啃的一块骨头,但也因为朱元璋,张士诚被后来的明朝统治者大肆抹黑。现在对张士诚的评价也不高,有的不称其为起义,而称起兵,认为他不过是为一己私利而作乱,格调太低;有的斥其为农民军的叛徒,根本否定他是农民起义的领袖,因为张士诚在起义之后也数次投降过元朝廷,没有坚定立场,未从一而终;有的虽承认他为起义军的一支,但忽视他在整个反元斗争中的历史作用。总而言之,就九个字:墙头草、投机派、垫脚石。

至于墙头草和投机派,这个其实不值一驳,历史上降而复叛的农民起义者何止这一家?大名鼎鼎的黄巢和张献忠都曾不止一次投降过朝廷,也没有人说过他们斗争意志不坚定,说白了,还是一个策略问题。至于最后三个字——垫脚石,从某种意义上来说确实如此,因为位于高邮的张士诚当了朱元璋最好的挡箭牌。

高邮位于扬州市区以北,和邵伯镇相邻,是淮扬运河的中心点,占据此处的张士诚也就成了元朝廷的眼中钉、肉中刺。面对这个穷苦的盐民,元朝廷用了苍鹰搏兔的态势,弄出了空前的排场:

> 诏脱脱总制诸王诸省军讨之。黜陟予夺一切庶政,悉听便宜行事;省台院部诸司,听选官属从行,禀受节制。西域、西番皆发兵来助。旌旗累千里,金鼓震野,出师之盛,未有过之者。
> ——《元史·列传第二十五》

这个脱脱是元朝的丞相,是仅次于皇帝的人物,他被授予全权平定张士诚,率领本国乃至盟国的兵马压向高邮。这也是元朝规模最大的一次军事行动,之前被元朝灭掉的那些国家都没有"享受"过这样的待遇,张士诚受此"殊荣",应该感到荣幸。

当然,当事人不会想这些,张士诚横下一条心率众抵抗。一开始张士诚节节败退,高邮周边的据点,包括兴化、盐城、六合都被元军拔除,高邮成为一座孤城。张士诚驻守在这个最后的据点,独自对抗着元朝廷的四十万军马。

一个时辰过去了,一天过去了,一个月过去了,高邮摇摇欲坠,城内弹尽粮绝,城外援军都被元军打了回去。这一场元朝历史上烈度最大的战役没有什么史料留下来,甚至时人也没有笔记什么的留存于世。我们只知道这场战役的结果,那就是围城三个月之后,元军主帅脱脱由于政治斗争而被皇帝撤了职。临阵换将是兵家大忌,元军军心浮动,加上两个月来未能攻破高邮,士气一落千丈。张士诚敏锐地捕捉到了战机,带着最后的机动力量出城进行突击,一举打败了元军,取得了这场高邮保卫战的胜利。

这场高邮保卫战的意义也是重大的,正因为张士诚的殊死抵抗,在元军南下平叛的路上留下了一颗钉子,才让元军不能够和朱元璋的红巾军直接交战,给了朱元璋足够的战略缓冲的时间和空间。研究朱元璋征战史可以发现,朱元璋和元朝廷直接正面交锋是后期的事情,前期和中期更多的是在平定各路反王,甚至还和元朝廷玩起了远交近攻的把戏,长时间作为元军的"盟友"而存在。若不是张士诚在高邮的殊死奋战,朱元璋白龙鱼服之时就会被元军灭了,哪会有日后洪武大帝的威风呢?只不过朱皇帝坐了天下之后就把张士诚给批倒批臭,确实有些不大厚道。

对于张士诚自己来说,这场战役让他名扬天下,虽然看起来有运气的成分,但是唯有坚持到最后的人才能够得到幸运女神的垂青。张士诚很快就把势力范围从江淮地区扩到了淮西和浙江一带,并且占据苏州(最后他也葬于苏州,位于金鸡湖湖畔的"张吴王墓"便是其墓)。占据吴地(今江苏南部地区)以后,因这一带很多年都没有战事,人口多,经济也很繁荣,张士诚就逐渐变得奢侈、骄纵起来,不想过问政务,小富即安的思想暴露无遗。战略眼界的缺失,也是张士诚被朱元璋打败的根本原因。

张士诚缺乏战略眼光,但是不缺乏文化眼界,现今学术界在史料分析中惊奇地发现,张士诚可能是元末的这些反王中最注重文化建设和传承的。哪怕在高邮时,他也曾经发布过《州县兴学校令》,旨在大力推行文教政策,这对于大敌当前的政权来说,简直是不可思议。在当时受到战火波及的文人何止万人,但大家都愿意投奔到张士诚的麾下。甚至有些人到了明朝时期,依旧对张士诚念念不忘,并把朱元璋视为贼寇。有一个名叫陈基的文人,在洪武年间依旧写下了大量诗歌怀念张士诚,比如"官军渡淮海,父老迓旌旗"(《务子角》)、"将军令严鸡犬宁。将军爱民如爱子"(《新城行》)等等。只不过明朝初年文化管控不是很严,要是也和清朝一样大兴文字狱,这位陈老夫子就要因为张士诚而掉脑袋了。

由于张士诚在鼎盛时期主要活动在淮西、江南一带,到今天已经没多少人会想起他其实也是扬州历史上一个十分重要的人物。他在"向北走还是向南走"这个问题上犯了错误,但是这并不影响他的伟大。在我看来,他比后来的史可法还要难得,史可法困守扬州,忠心为国,一身肝胆托付国家。而这个张士诚,他只是个穷苦的亭户,也没有什么国家需要他去效忠,很多事情他没必要做,很多事情没必要坚持。明知不可为而为之的人,是因为坚定的信念;明知不必为而为之的人,也许,只是因为纯粹吧。

第二十二章 盐利四方

1368年,朱元璋歼灭了各方势力,在南京建立了以汉族为主体的最后一个大一统王朝——明朝。三十多年后,他的儿子推翻了他的孙子,重新定都北京,明朝也因此和之前的大一统王朝有了根本的区别。

永乐大帝定都北京,综合考量明朝当时的地缘政治,这类因素对扬州造成了深远影响。

在当时,元朝作为一个王朝虽然灭亡,但是蒙古族只是退出了中国主要地区,在北方依旧存在,明王朝北部边疆的国防压力和汉朝比较类似,需要极强的资源加以保护。但是和两汉时期不同,两汉的经济中心在北方,无论是关中还是河南,距离帝国的北部边境都不算远,物资供给相对方便,而明王朝的经济中心已经南移,长江中下游地区相较两汉已经高度开发,而关中和中原经济已经衰落。财税地和用武地空间相差巨大,是明王朝的独特特征。

如何把粮食从产地调配到边关呢?明初,山西首创了一种名叫"开中法"的办法。这种方法是鼓励商人运粮到边关的粮仓,作为回报,商人能够得到若干盐引,可以从盐场认购食盐进行零售。

这个办法在明朝实行了很久,可以说,扬州盐业的繁荣和徽商、晋商的终成气候、富甲一方的根源就是这个政策。

首先来说盐业。在当时,商人们要考虑边境地区和产盐地区之间的交通问题,虽然两淮盐场离边关路途很远,但是别忘了,大运河在元朝时期就已经发挥了从江淮往北方运送物资的作用,这样就使得两淮盐场出产的盐极具竞争力。运费的降低让这些商人的经营成本大幅下降。

当然,精明的商人(这里多指山西商人)很快就改进了"开中法",他们在运送粮食的路途中设立若干中转站,雇用当地无业游民去承担转运的工作。这样,从山西、安徽,一路到达两淮地区,物资的输送链条便已形成。而中转站中承担转运的游民也有发了家的,这就是辉煌于明、清两代的扬州盐商的发家起点。

我们也许能在明代扬州一家姓郑的大户人家中,找寻到这一发展脉络。

这位姓郑大户,家主名叫郑景濂,他是明朝中期的一个传奇人物,据说他的祖先在明成祖朱棣夺取天下的过程中死于王事,被赐姓郑,因公受赏。但是由于他家的男人们都死于战争,郑家迅速败落,到了一百年之后,已经成了安徽歙县的一家普通的农户。到了郑景濂这一代,他不甘心被困在土地上受剥削过一辈子,于是走出家乡寻求发财之路。郑景濂的时代已经是明朝中期,北部国防不像初年那般稳固,对粮食的需求也打着番儿上升,时间紧,任务重,大量的商人无法走完运粮—运盐—交付这一条流程,在从山西到安徽的这段路途中有大量人员逃亡。郑景濂便从这些倒霉商人那儿廉价购买盐引,自行购买食盐牟利,常年穿梭于扬州和西北一带。令人难以置信的是,也许是运气好,也许是经营有方,抑或是两者都有,这位郑先生在短短五年内便发了家,举家搬迁到了扬州,成为扬州外来盐商中最早一批发家者之一。

值得一提的是,郑景濂和之前提到的马可·波罗不一样。作为色目人的马可·波罗在元朝挣钱更多是依靠自己的特权,而郑景濂完全是白手起家,他和官府产生联系完全是在从盐业贸易中获得财富而进入士绅阶级之后,可以说他是正儿八经的白手起家。

郑景濂去世之后,其子继承了家业。这位郑公子没有辱没门风,而是积极向文化靠拢,自己年纪大了科举无望,于是花钱捐官取得了生员的资格,并让自己的两个儿子从小就受到良好的教育。其中一个叫作郑元勋,后来科举中第,还中过进士。家业在郑元勋手中并没有"君子之泽五世而斩"的征兆,反而蒸蒸日上。郑元勋的时代,明朝也步入了中后期,以学术组织书院为形式的准政治团体开始展现出非凡的能量(东林书院就是典型例子,明末著名的东林党人就出自此处)。郑元勋大力资助扬州本地的一个叫作"竹西社"的社团,在基层展现了非凡的控制力。

既然搞了社团,就要有活动场所,没有什么比园林更加合适搞文化活动的了。郑元勋在扬州建造了一个叫作"影园"的园林,不能说他是园林的开创者,但是这个影园实打实的是扬州盐商建园子风潮的开创者。当时,郑元勋和几个兄弟都在建园子,根据李斗《扬州画舫录》,当时这些商人"以园林相竞"。影园的遗址现存于城西南,荷花池以北,二道河东岸,在今天的江苏省扬州中学和苏北人民医院之间,留下了一些残砖供人凭吊。

当然,更加有名的是郑元勋的弟弟郑侠如修建的休园。现存于旅顺博物馆的清代扬州画派画家王云的《休园图》忠实地记载了休园的样貌。王云画技高超,工于技巧,用长卷的形式,以十二段的篇幅描绘了休园四季的景色,并且点缀各类人物。全画用时长达四年十个月之久,而休园也在明末清初号称"扬州第一园"。休园的具体位置在皮市街东流水桥附近,也就是今天扬州田家炳实验中学和朱自清故居这一带,靠近扬州城东,和古运河直接相望。

郑家的经历只是那个时代扬州的一个缩影。今天我们所能看到的一些扬州城市的典型面貌和地标建筑在明代已经形成,比如扬州地标文昌阁,便是建成于明朝万历年间。当时它是府学(扬州府官办教育机构)建筑群的一座高楼,现在成为扬州市中心的地标建筑供人欣赏,不远处的四望亭也是府学的配套建筑之一。

值得一提的是,也是在明代,扬州经历了最后一次更名,扬州府被称为维扬府,其出处是《尚书》中的"淮海维扬州",意思大概是,淮河和大海之间没有城市能和扬州相提并论。而今天扬州市区则用了宋代的本名——江都。"维扬"二字在扬州成为历史文化记忆。也是从这个时候开始,

"食盐+外商"的组合开始塑造这个城市最终的形象,但是在塑造之前,这座城市还要经历一次涅槃。

第二十三章 独木难支

"数点梅花亡国泪,二分明月故臣心。"这是位于扬州市邗江区广储门外街24号的史公祠内的一副对联。史可法的衣冠冢便在史公祠内。这个地方紧挨护城河,西边是瘦西湖风景区,南面不远处便是文昌阁,东边是个园北门,是今天扬州市民休闲娱乐的好去处,同时也是让扬州人心中矛盾而又柔软的一个地方。

是的,扬州人对史可法的评价很复杂。一方面,史可法是民族英雄,是中华民族杰出代表,一座城市会因为这里是民族英雄长眠的地方而熠熠生辉;而另一方面,这座城市在史可法殉国后陷入了空前的大劫难。"扬州十日"不仅仅是一场大杀戮,而且是一个城市乃至一个民族的疼痛符号。因金庸先生,这个符号似乎讲汉语的人都知道,那就显得更加疼痛了。

作为一个还算读过书的扬州人,我对史可法的印象也经历过几次曲折。在少年时,我崇拜英雄;在青年时,我讨厌无能;当我经过风风雨雨的中年,再回过头来看史可法和身后的这座扬州城时,会有不一样的感觉。

先说史可法。史可法可能是民族英雄中最为特殊的一位。他不像岳飞,少年得遇名师,青年便久经沙场;他不像黄道周,一直默默无闻,临头爆发壮举。他和岳飞一样身居高位,又和黄道周一样,天资普通,是个凡人。作为一个身居高位的普通人,活着就已经很累了,还去当聚光灯下的人物,本身就有一些勉为其难。

史可法是崇祯元年(1628年)科举中第的,他在崇祯年间不温不火,在明王朝的西部长期担任中级地方官员,并未做出太大的政绩,甚至还在崇祯十二年(1639年)由于镇压民变不力,被打发到南京做右佥都御史。在明朝的官僚系统中,南京的政府班子就是安置闲人的地方。史可法作为明帝国的一名科举及第的官僚,不能说混得差,但也只能说一般了。按照惯例,除非他想学那个敢上书骂皇帝的海瑞,否则结局也就和今天普通的公务员一样,混个级别退休,后世默默无闻,只有专门研究历史的学者们才会看到他的名字。作为科举及第的天子门生,史可法和一般人比并不普通,但是在官僚系统中,史可法的才能难说出色。

但是1644年崇祯死难,北京陷落,在南京的史可法突然发现自己成了国家地位最高的官僚之一。更糟糕的是,清军入关客观上提高了史可法的地位,加重了史可法的责任,但是没能给予史可法相应的权力以及政治斗争的能力。弘光政权在南京建立,作为兵部尚书的史可法在政治斗争中接连失利,只得自请督师江北军务,驻扬州城内。

这个督师听起来威风,但是实际上什么也做不了。南面弘光小朝廷早已经视他如弃子;西面驻扎在长江中游的左良玉坐拥五万大军,根本不把他当回事;北边驻扎着高杰、刘良佐等四镇总兵,名义上归史可法节制,实际上不听他的,互相攻讦不断,甚至离扬州城最近的总兵高杰在1644年年底还进城掳掠了一番,敌人未到自己人就先抢劫,这个黑色幽默一定让史可法笑不出来。

相对而言,那头的清军可谓群英荟萃,当世之名将一拉一大串,可以串起一个全明星阵容,主将是多尔衮同父同母的弟弟多铎。这个多铎是清朝入关的急先锋,身经百战,如狼似虎。两相比较,史可法就算长了十个脑袋,也是抵挡不住的。

1645年的除夕,史可法在绝望中度过了人生的最后一个春节,他在都督府中处理公文到深夜才想起是除夕,于是吩咐随从弄点肉菜,打算喝几杯酒。随从却说已经遵照他的命令把肉都分给守城的士兵了,于是史可法只能以盐豉下酒,醉倒伏案睡去。第二天本应该升帐点卯,但随从发现史可法宿醉未醒,不忍打扰,便通知军师取消当日点卯。史可法醒来后大怒,但听了随从的解释,面露愁容,长叹不已。

几乎是同时,在南京城中的南明弘光皇帝朱由崧也在愁苦之中。太监问他是想到去世的父亲,还是想到行将崩溃的江北军务而忧愁,结果朱由崧摇了摇头,说眼前的歌舞少了一个唱角儿,不知道谁能填补这个角色,这才是他忧心的原因。

不知道史可法知不知道这件事情,但是他心中的绝望已跃然纸上——在清军逼近的最后两个月里,他写下了六封遗书。这几封都是政治遗书,其中有一封是留给清军主将多铎的,大意是,你们破城已成定局,我不可能投降,但请善待城中百姓。至于城防、军队调度,史可法几乎都没有做。结果可想而知,1645年4月清军攻打扬州,一天之内破城,史可法殉国。

关于如何评价史可法，笔者认为顾诚《南明史》的评论相对中肯：

> 对于史可法的誓死不降，应当充分肯定他的民族气节。长期以来，许多学者和文人墨客受明清门户之见的影响，对史可法存在着一种特殊的偏爱，不顾史实作了过分的渲染。综观史可法的一生，在整个崇祯年间并没有多少值得称赞的业绩，他的地位和名望迅速上升是在弘光时期。作为政治家，他在策立新君上犯了致命的错误，导致武将窃取"定策"之功，大权旁落；作为军事家，他以堂堂督师阁部的身份经营江北将近一年，耗费了大量的人力、物力、财力，却一筹莫展，毫无作为。直到清军主力南下，他所节制的将领绝大多数倒戈投降，变成清朝征服南明的劲旅，史可法驭将无能由此可见。即以扬州战役而言，史可法也没有组织有效的抵抗。某些史籍说他坚守扬州达十天之久，给清军重大杀伤，也不符合事实……把史可法捧为巨星，无非是因为他官大；殊不知官高任重，身系社稷安危，史可法在军国重务上决策几乎全部错误，对于弘光朝廷的土崩瓦解负有不可推

卸的责任。

评价虽然中肯,却不免有些刻薄。顾诚所说史可法能力有限,这是事实;地位颇高却难当大任,也是事实。但问题是,这种情况并不是史可法自己造成的,能力平平的史可法被推到战争的最前线本身就是一个悲剧,一个历史开的玩笑。我相信,如果当事人有选择的余地,一定不会去当这个兵部尚书。作为一个普通人,他能怎么办呢?他不是四百年前的李庭芝,更不是岳飞,他只是一个科举出仕的普通官僚,能做到和扬州城共存亡,就已经超额完成了自己的任务,面对本不应该自己去担的责任,坚守到了最后一刻。顾诚的评价何尝不是好评呢?因为他用远高于史可法这个人的标准去评价史可法,只有认为你是个人物,别人才会用高标准去要求你。

对于史可法,千言万语只能汇成一句话:辛苦了,谢谢,您终于能够休息了。

而扬州,似乎在明清交接的时候,也开始认识到自己的平凡。这个时候的扬州,已经不会走出雄才大略的帝王,比如隋炀帝;也不会走出名动一时的枭雄,比如杨行密;甚至不会诞生《春江花月夜》这样气吞山河的千古辞章。它褪去了两汉的桀骜，卸下了刘宋的兵甲，没有了隋唐的华贵，失去了宋元的多彩，用郁达夫的评价就是"已经成了一座小市民的城市"。在这座城市中唱主角的已经不是将天下作为棋盘的棋手，而是谦恭文雅的士绅。它就像一个历经世事却发现自己平凡的中年人，从历史舞台的中心退场，所谓浴火涅槃，可以是凤凰的烈火重生，也可以是下至黄土的曳尾涂中吧。

第二十四章 遗老情怀

"扬州十日"不仅仅是一次野蛮的屠杀,而且是一次对扬州地区的彻底破坏。这场破坏不仅导致人口锐减和财富毁灭,而且将扬州推出了国家政治的中心区,之后的扬州就真的成了今天人们印象中的那个江北的小城,处在一个中不溜秋的生态位中怡然自得。

这种怡然自得,需要修补和弥合。这种弥合不仅仅是物质上的,而且是精神上的。就在扬州被清军占领的 1645 年 5 月,清廷就下诏官修明史,正式以明朝正统继承王朝自居,走出了弥合战争创伤——民族弥合的第一步。对清朝一直采取对抗态度的汉族读书人逐步放下成见,和现实逐渐和解。

放下成见并不能无视屠刀的存在，这些人往往使用迂回的方式和现实产生构建，"他们全神贯注于将自己描绘到历史图卷中去。他们通过文本、审美或伦理传统跨越了王朝之间的断裂带，将自己置于儒家学者的谱系当中"。通俗点说，就是用文章和艺术来弥合这种裂痕，有点类似于今天所说的"伤痕文学"。既然是"伤痕文学"，那么理应在受伤最为严重的地区得以繁盛。扬州在文艺上的第二个高峰（第一个在隋唐时期）就此而来。

其中的代表人物，莫过于王士祯和石涛。两个人一文一艺，一入世一出世，用大相径庭而又异曲同工的方式，留下了这个时期扬州的剪影。

首先说王士祯，他是1658年的进士，1660年被任命为扬州推官，任职期限是五年。这个官很不好当，因为十几年间扬州地区经济始终没有恢复，税收困难，全城累计欠缴税银两万多两，城内监狱里关满了因为欠税而坐牢的普通人。除此之外，1661年郑成功收复台湾之后，以台澎金厦为根据地数次发动反攻，甚至沿长江口直抵南京城下，扬州始终处于战争的阴影之中。在双重压力之下，扬州城内的士绅大量出城躲避，没有了士绅作为社会的基干，普通市民也有样学样离城躲避，扬州城的复兴自然无从谈起。王士祯可能是扬州父母官中最能出差的一个,他常常去扬州周边市镇,比如泰州、宝应、高邮、天长等地,劝说离城的士绅回来定居,并且还时常跨江往返南京和扬州,因为欠税的案件当时在南京审理。由于王士禛的争取,欠税的人得到了宽大处理,人心随即安定,扬州也慢慢开始有了起色。

在今天扬州瘦西湖有一座虹桥,被誉为"瘦西湖第一景"。瘦西湖南门"虹桥坊"也成为和1912并称的特色休闲街区,吸引了众多少男少女前往消费,一如三百多年前王士禛主政的时代一样。王士禛主持了两次在虹桥的诗会,在历史上称之为"红桥(后改名虹桥)修禊"。修禊,源于周代的一种古老的汉族习俗,即在农历三月上旬巳日这一天,人们相约到水边沐浴、洗濯,借以除灾驱邪,古俗称之为"祓禊"。后文人饮酒赋诗的集会,也称为修禊。历史上最有名的修禊当数兰亭修禊和红桥修禊。前者因为《兰亭集序》而不朽,后者因为点燃扬州清代繁盛之始而载入史册。在清代,修禊活动一共发动过三次,前两次则是王士禛主持的。他本人也在这次盛会中留下了不朽的诗篇。"北郭清溪一带流,红桥风物眼中秋,绿杨城郭是扬州。西望雷塘何处是?香魂零落使人愁,淡烟芳草旧迷楼。"其中"绿杨城郭是扬州",与李白的"烟花三月下扬州"并成千古丽句,成为扬州的一张生态名片。

今天扬州本地名茶绿杨春的名字,便出自王士禛之手。修禊不仅仅是文人墨客交流的方式,而且是弥合战争创伤、缝合文化断层的最好手段。正是王士禛这样的清早期官员的存在,为扬州的文脉和城市气质续上了新的历史使命。

王士禛主持红桥修禊时,在虹桥以东离护城河不远处建立了一座私家园林,这座园林在康乾时期扩建,今天是一家老字号早茶店,那就是冶春。虹桥挥名篇,绿杨映城郭,冶春承千载。为扬州带来三张中外驰名的城市名片,王士禛是扬州的大功臣。

由于王士禛的努力,扬州的遗老遗少们慢慢增多,他们对扬州文艺颇有贡献,也成为清中期扬州文艺鼎盛的最早滥觞,其中最有代表性的一个便是石涛。

石涛本名朱若极,是明朝靖江王的后代,正儿八经的朱明皇室后裔。由于其特殊的身份,在清初的时候他成为遗民的领袖之一。当然,当事人很可能对明朝没有什么归属感。首先是因为改天换地的时候他年纪还小,也就谈不上什么归属感。其次,其父亲朱亨嘉被南明隆武政权的皇帝(区别于前文提到的弘光政权)朱聿键处死在福州,他因为受到太监保护而躲过一劫,此后出家。和清朝统治者们并无血海深仇,也就谈不上心怀故土了。事实上,哪怕他避难出家,也不是很安分,曾经两次主动拜见康熙皇帝,和一般遗老遗少们的选择大相径庭。他甚至还曾经前往北京自荐,"寻求事业上的进步"。

也许是明朝遗民的身份让统治者有所顾忌,石涛在北京等地并不顺利,当政者对其敬而远之。作为一个宗教人士,石涛沉迷于花花世界,不算合格。作为一个红尘中人,石涛存在认知偏差,行路艰难。总而言之两个字——纠结。

此时的扬州城,由于王士禛主持的红桥修禊的影响,已经会聚了一大批遗老遗少。而且明代便在扬州活动的徽商也恢复了在扬州的活动,他们也自然而然成了当时文艺活动的重心。而此时的石涛作为一个画家,已经声名鹊起。1685年,旅居多年的石涛移居扬州,拓展自己的绘画事业,度过了人生的最后几十年。有关石涛在艺术上的特点不是本文的中心,本文不做讨论,但是石涛作为遗民文人的代表,对扬州发展很有意义,"石涛的作品是清初特殊文人圈内的一种载体,是当时扬州徽商与市民阶层之间作为身份自我区分的方式",是连接过去和未来的桥梁。

正是在清高自许和不甘寂寞的矛盾中,石涛成了职业画家的代表人物。绘画不再单纯是遣怀的手段,也成为谋生的工具。在徽商的青睐和需求下,扬州逐渐形成个性鲜明而又能迎合士绅和市民阶级的艺术流派,后来大名鼎鼎的以"扬州八怪"为核心的扬州画派便脱胎于此。在这些遗老遗少的努力之下,扬州迎来了康乾盛世的全面繁华。

第二十五章 怪以八名

在中国的艺术史中，诞生于清初、鼎盛于康乾的扬州画派占据着重要的承上启下的地位，而扬州画派中最具盛名的莫过于以郑板桥为首的"扬州八怪"。在今天的扬州，不知道郑板桥的人几乎没有，不知道郑板桥善于画竹子的人也几乎没有，但是知道郑板桥为什么会在扬州出名，郑板桥的艺术成就为什么能在扬州大放异彩的人也是几乎没有。"扬州八怪"和康乾时期的扬州到底有什么渊源和内在联系，则是很值得研究的问题。

有一个事实不容忽略，那就是在"扬州八怪"中，籍贯扬州的人很少，他们大多数是从外地而来寓居扬州的，在扬州以艺术为名互相沟通,成就一段佳话,这样的风雅韵事在当时只有在扬州才能实现。我们不妨从郑板桥的履历出发,探究那个时代的扬州的独特魅力。

郑板桥出生于现今属于泰州的兴化,从当时的行政区划来看,他算是扬州人。郑板桥从小家贫,生活拮据,很早就走上了科举之路,二十多岁的时候便中了秀才,这在当时可以算是神童了。只不过一件事情大大阻碍了郑板桥的仕途发展,那就是颜值,"貌寝,既不见重于时,又为忌者所阻,不得入试"。在当时想要走仕途,不仅要有才华,还要有颜值,在选拔之前用人部门往往要考察颜值,做官起码在相貌上要有做官的样子。虽然郑板桥此时只是秀才,还没到做官那一步,但是已处处掣肘了,甚至连继续考举人也被人百般阻挠。没有办法,他只能去当教书先生,领一份微薄的工资,钱实在不够花,于是他走上了艺术的道路。其家书《署中示舍弟墨》中说道:"学诗不成,去而学写。学写不成,去而学画。日卖百钱,以代耕稼,实救困贫,托名风雅。"意思很明白,郑板桥觉得自己学写诗没啥前途,就去学书法,学书法也觉得不好,就去学画,学画还不错,一天能卖一些钱,以贴补家用。

当然,这是郑板桥的自谦,也是郑板桥年轻的时候无人问津的写照,只不过以郑板桥这种级别的画家,在家书中诚恳地表示自己学画就是为了卖钱十分罕见。因为自古以来书画便是高雅的艺术，向来为文人士大夫所推崇，在重农抑商的中国古代社会，把艺术和金钱联系起来无异于大煞风景，而为读书人所不齿。哪怕是像唐伯虎这样真的以卖画为生的画家，也是以读书人的形象示人，绝口不提卖钱。郑板桥则反其道而行之，甚至成为中国历史上明码标价卖画的第一人，他在《板桥润格》中这么写道："大幅六两，中幅四两，小幅二两，书条、对联一两，扇子、斗方五钱。凡送礼物、食物，总不如白银为妙。公之所送，未必弟之所好也。送现银则心中喜乐，书画皆佳。礼物既属纠缠，赊欠尤为赖帐。年老神倦，亦不能陪诸君子作无益语言也。"还在最后附了一首诗："画竹多于买竹钱，纸高六尺价三千。任渠话旧论交接，只当秋风过耳边。"总结起来就是：现银交付，童叟无欺，你们评价，权当放屁。

不仅明码标价，郑板桥还大大方方公布了自己的营业额。他在中年于山东范县担任县令的时候，曾经修葺过房屋府邸，花费不少，当时就有人说他为官不清廉，用今天的话说就是有巨额财产来源不明的问题。就此，郑板桥在家书中解释道，人皆以做官为乐，我今反以做官为苦，既不敢贪赃枉法，积造孽钱以害子孙，则每年廉俸收入，甚属寥寥。苟不入仕途,鬻书卖画,收入较多于廉俸数倍……殊不知我每年笔润,就最近十年平均计算,最少年有三千金,则总数已有三万。我家仅有典产田三百亩,每亩典价二十千,约值钱六千千,合之绝产田八十亩,不过万金耳,故尚余润资二万金。在外为官数年,郑板桥卖画所得少说也有三万金,可比俸禄高出许多,像郑板桥这样出手阔绰的清官,在中国历史上是极为罕见的。

实际上郑板桥在书画界的独树一帜和那个时代扬州的特殊风气是分不开的,可以说没有扬州,就不会有郑板桥乃至"八怪"的出现。这个时期的扬州,最主要的特点是盐商作为官僚资本垄断的集体,对文化有了大量需求。清代,盐税是国家税收的主要来源,其在政府全部收入中的比例由1682年的8.87%,攀升到1766年的11.83%。以盐为主业的扬州在当时站稳了脚跟,扬州盐商的手中聚集了大量的财富,整个扬州经济发达,引发了市民阶层更高水平的消费需求,文化消费大幅上涨。可以说,当时的扬州,升斗小民都能"熟读唐诗三百首,不会吟诗也会吟",寻常人家家中往往也有书画作品作为装饰。

对于盐商来说则更是如此。传统社会士农工商,商人是社会地位最低的群体,盐商们手中有了大笔财富,便开始寻求改变这一切,从参与慈善事业等转而赞助文人创作书画、刊印书籍等,营造了"商而好儒"的风气。与此同时,这些文人艺术家也改变了对商人的看法,他们坦然接受商人的资助,也很愿意和商人交往,享受物质优渥的生活。这样,一条产业链就此形成:盐商们资助文人,文人产出艺术品,盐商们在收购、交流艺术品的同时,也带动了整个文化产业的发展;文人们打开了销路,衣食无忧,则更加专注于艺术的追求和创作。这是"扬州八怪"以至扬州画派能够兴起成为重要艺术流派的根本原因。就算郑板桥偶尔也很傲娇,不大看得上这种卖画求财的行为,但是身体很诚实,颇为可爱。在当时扬州有两个著名的盐商兄弟,叫作马曰璐和马曰琯,时人称之为"二马"。这对兄弟和郑板桥以及同为"八怪"之一的金农交往颇深,曾经多次为郑板桥还债,郑板桥是兄弟二人的座上宾,所作的画很多也被兄弟俩给买了去。文人和商人如此深度交往,在古代中国是不多见的。在盐商的推动下,扬州画派的画家改变了自己对商贾的态度,从以往的不屑到接受并与之合作。郑板桥远在山东做官的时候,大量的书画也是从扬州销售出去的。

罗马不是一天建成的,扬州地区文化市场的繁荣也不是一时造就的,从前一章提到的石涛等人开始,职业画家这一群体开始慢慢兴起。除了"扬州八怪",王云、袁江、袁耀等职业画家也是扬州画派重要的成员,扬州画派在艺术上追求独树一帜的另一原因,就是这些画家彻底走向了世俗,审美和情调开始大规模迎合当时社会的审美需要,作品也和当时的现实有很强的关联。在《扬州画舫录》中有这么一句话:"金脸银花卉,要讨饭,画山水。"可见当时市场上对山水风景画的喜爱,这些画家不得不迎合市场,以此为题材作画。值得一提的是,由于是社会上的需求,而不是画家自己胸怀的体现,这些山水题材往往十分写实,重技法而轻意境。例如袁耀所绘制的《邗江胜览图》,就以极为细腻的笔触,描绘了扬州运河两岸的风光,继承了宋画精细的特点,不仅迎合了市场,还留下了珍贵的一手资料,再现了当时的市容市貌。此外,由于对技法的看重,画家们也逐渐"开眼看世界",吸收西方的绘画技术和理念。在乾隆中后期,画家们也开始逐渐接受外来绘画重色彩层次的特点,一改传统绘画颜色只是点缀的传统,在颜色运用和层次体现上做出了实践,也为日后海派风格打下了基础,成为传统绘画从古代到近代承上启下的一个派别。由此可见,"扬州八怪"乃至于扬州画派,在历史上留下的并不仅仅是艺术上的佳话,而且是市民阶层、商人阶层和文人阶层之间亲密互动的生动案例,开风气之先。这样的创举在当时也只有在商气和文气并重、传统和新潮并存的扬州地区才有可能发生。扬州在康乾盛世留下的,并非只有盐商一掷千金的传说,更有艺术流派和文化意识脱胎换骨的作用,这一点是不能忽视的。

第二十六章 头号玩家

随着战争伤痕的慢慢弥合以及一批盐商和文人的青睐,清代的扬州从康熙中期开始,慢慢走向历史上的鼎盛。需要认识到的是,在封建社会皇权至上的环境中,只要最高权力能够平稳运行,那么一个地方的繁盛必须和最高权力保持一致,也就是说,决定清代扬州繁盛的根本因素就是皇帝的青睐。

这个时期,青睐扬州的两位皇帝,一位是康熙,一位是乾隆。就连不熟悉历史的人都知道康熙、乾隆两位帝王南巡时都来过扬州,但是康熙和乾隆南巡扬州的目的迥然不同。

康熙在1684年到1707年的二十四年间,曾经六次南巡。

其南巡的目的主要是视察运河漕运，考察运输情况，规模相对较小，每次出巡的规模仅数百人，保卫保障的职责是由各个地方官府担负的。我们可以从两个细节中看到康熙南巡的规模和职责。

第一，沈阳故宫展出的《康熙南巡图》展示了1689年康熙第二次南巡的盛况，其中在康熙进苏州城的部分描绘了康熙皇帝的坐船，其形制颇为简单，按照比例来看，宽不过丈余，长不过十丈，若不是上有伞盖，船篷有石黄装饰，这就是一艘普通的小船，别说比不上隋炀帝的水殿龙舟，就是和他孙子的坐船安福舻比也差得远。《清圣祖实录》记载，南巡中康熙多次乘船视察河堤、船闸等运河工地，甚至亲自使用工具，和随行的西洋传教士一起测量水位和堤坝高度，做出相应指示，这些指示甚至还被汇编成册，成为后期漕运建设的重要依据。

第二，康熙四十二年，也就是1703年第五次南巡之前，康熙授意在扬州建造高旻寺行宫。这座行宫位于扬州城南十五里三岔口，远离扬州市区，就在运河瓜洲段沿岸，离长江很近，明清以来是扬州运河的重要节点。康熙皇帝在后期南巡中排场日渐增加，也开始慢慢享乐，饶是如此，在扬州的行宫依旧远离城区而靠近运河枢纽。相较而言，乾隆皇帝在扬州的行宫建在城内的天宁寺右,是为天宁寺行宫,位于扬州市中心,就在瘦西湖的旁边。

总而言之,康熙南巡有两个特点:第一,主要是因公。康熙亲政之初就认为对于国家而言重要的事情无非三件——三藩、河道、漕运。1684年,三藩平定已三年,而漕运和河道其实就是一回事,面对国家的头等大事,康熙皇帝自然不敢怠慢,亲自上阵实地考察也就不意外了。第二,康熙并没有对扬州体现出独特的热情,而是"雨露均沾",对运河沿线多有重视,在大城市江宁和杭州逗留的时间比较长,几乎未对扬州加以特别的关注。在康熙皇帝的眼中,天下一盘棋,江淮的运河沿岸城镇并没有任何突出之处,最大的行政中心是江宁和杭州这样的大城市。

之所以用"几乎",是因为有一个人的存在,为扬州争取来了难得的发展机遇和跳板,这个人就是曹寅——曹雪芹的祖父。

曹家的身份很特殊,祖辈在辽东当明朝的边境官员,早在皇太极时期就已经归顺当时还不叫清朝的后金,为清朝夺取东北立下战功,被"抬旗",抬入了多尔衮所掌管的正白旗。顺治亲政之后清算多尔衮,正白旗改由皇帝直接管辖,和两黄旗一起,成为所谓的"上三旗",成为皇帝的直属属下。

之所以提这么一嘴,是因为后人把曹家三代四人五十六年江宁织造的辉煌,单纯算在了曹家的媳妇曾经当过康熙的乳娘这一点上。诚恳地说,和康熙的私人良好关系是曹家辉煌的重要原因,但真要说本质原因,还应该是曹家的这一特殊身份。一方面是皇家的忠实奴才,用起来放心;另一方面也是汉族人,在民族对立还比较严重的康熙朝更容易获得当地汉族人的认同。而长江中下游地区在清初是反抗最为激烈、损失最为巨大的地区,所以让曹家出任江宁织造,并兼任两淮巡盐御史的本质目的是,利用曹家拉拢江南士大夫,增进民族团结。

应该说曹寅任务完成得不错,除了本职工作,还常常组织文化活动,团结江南士人,结识了大批文人和富商。曹寅在江南的二十余年间,成为主持江南风雅、众望所归的艺文人物,享有较高的声誉。他曾奉旨于扬州开局主持刊刻《全唐诗》《佩文韵府》等,在雕版印刷史上留下辉煌的一页。虽然曹寅的官署在江宁,但是对扬州曹寅也多有贡献。

这一贡献集中表现在1705年康熙第五次南巡曹寅主持的迎驾活动上。早在1699年第三次南巡的时候康熙便来过扬州,当时千年古刹高旻寺的天中塔年久失修,康熙对此耿耿于怀,因为康熙已故的祖母孝庄笃信佛教。康熙表示要自掏腰包（内帑）修葺此塔，为九泉之下的祖母和母亲祈福，这也成了康熙第三次南巡的一个遗憾。随侍的曹寅得知后立刻发动盐商，出巨资修葺天中塔和高旻寺，甚至还在高旻寺重修了一座康熙皇帝的行宫。

这一行为无疑大受皇帝喜欢。1703年高旻寺行宫修葺完毕，曹寅立马上奏康熙。康熙皇帝表面批评他太浪费了，没必要专门建一座行宫，但是这时候行宫都已经建好了，康熙此举也就是碍于脸面的矫情之举。得知这一信息之后，康熙立刻下诏决定1705年再度南巡，可见视察扬州是康熙皇帝第五次南巡的重要事项。

曹寅得知后心知肚明，这不仅仅是他个人的机会，还是扬州的历史机遇。在皇权至上的清代，最高统治者到哪里，哪里就会成为中心，能有效拉动经济，促进城市繁荣，更重要的是会提升该地的政治地位，皇帝驻跸之地，立马就会变得不一样。1705年也就成了扬州清代繁荣的重要节点。

行宫建成以后，康熙四十四年（1705年）春迎来了康熙的第五次南巡。三月十一日晚，康熙皇帝抵扬州黄金坝，泊船，各盐商匍匐叩接，进献古董玩器书画不等。十二日，康熙起銮进入扬州城，乡绅耆老等进献了万民宴，漕运总督桑格奏请皇帝去炮长河（今保障湖一带）观赏灯船。随后往平山堂各处游玩,再幸天宁寺念经。曹寅奏请皇上起銮,驻跸行宫,演戏摆宴。康熙帝见到新建的高旻寺行宫非常高兴,御书赐"龙归法座听禅偈,鹤傍香烟养道心"及"殿洒杨枝水,炉焚柏子香"两联,可见康熙对高旻寺行宫的喜爱。1705年三月十一日到十三日这三天,康熙皇帝停留扬州,扬州是康熙第五次南巡中逗留时间最长的城市之一。这对于扬州来说是了不起的殊荣,表面上看是人民群众和当地官员恭迎皇帝,实际上背后最大的推手就是曹寅及其身后的盐商集团。扬州的政治地位从此上了一个台阶,而这也对当地官员以及盐商的生意有难以估量的作用。对于曹寅本人而言,利益也算丰厚。也就是这一年,除了江宁织造,曹寅兼任了两淮巡盐御史,这是有清一代数得上的肥差,只不过曹寅并未从这份差事中获得多大利益,这是后话。

尽管康熙第五次南巡大大拔高了扬州的政治地位,但是其时已经是康熙王朝的尾声。康熙的继任雍正可以说是个"宅男",在位的十三年间几乎没有过出巡记录,扬州在雍正时期稳步发展,直到雍正之后的乾隆南巡,才真正到了巅峰。康熙时期的扬州和乾隆时期的扬州是不可同日而语的,嘉庆年间著名的大诗人袁枚在为《扬州画舫录》作序的时候有如下记载:

记四十年前,余游平山,从天宁门外,拖舟而行。长河如绳,阔不过二丈许,旁少亭台,不过㶁潏细流、草树卉歙而已。自辛未岁天子南巡,官吏因商民子来之意,赋工属役,增荣饰观,参而张之。水则洋洋然回渊九折矣,山则峨峨然隐约横斜矣,树则焚槎发等、桃梅铺纷矣;苑则鳞罗布列、闇然阴闭而雩然阳开矣。猗欤休哉!其壮观异彩,顾、陆所不能画,班、扬所不能赋也。

大概翻译一下就是,四十年前我来扬州的时候,在天宁寺外面坐船,那时候护城河不过二丈来宽,两边也没有什么亭台,只不过草木茂盛而已,但是辛未年乾隆南巡以来,这边在几十年间立马鸟枪换炮,漂亮得一塌糊涂,到了顾恺之、陆探微画不出,扬雄、班固写不出的繁华程度。

辛未年是乾隆十六年(1751年),这一年乾隆第一次南巡,而这篇序言写于乾隆五十八年(1793年),可以推测,乾隆南巡前和南巡后扬州的繁华程度是有天壤之别的,那么毫无疑问,乾隆南巡是扬州在明清时期登上繁华顶峰的根本原因。

那么,乾隆南巡的目的是什么呢?《御制南巡记》中记载了乾隆亲口说的一句话：

>予临御五十年,凡举两大事:一曰西师,一曰南巡。

所谓"西师",指的是乾隆年间持续对西北用兵,前后和大小金川、大小和卓打了几十年,乾隆自己标榜的"十全武功"就有很多是对西北用兵。那么,和西师相提并论的南巡,自然而然在官方文件中被赋予了保证国家安全的政治意义,但是这只是个幌子,其根本原因怕是要从乾隆此人的性格中去找。

乾隆是中国历史上掌握实际权力时间最长的帝王。由于在位时间长,历史事实多,他也是性格最为明晰的一个帝王。在他的人生中,除了皇后,唯一让他意难平的,就是祖父康熙皇帝。他的很多为政举措,都有康熙皇帝的影子。一方面,康熙皇帝是清代皇帝的标杆,但他又是不甘人后、事事追求十全十美的乾隆想要超过的人物。乾隆既想超越祖父康熙,又怕被别人点破,于是事事向康熙看齐,又做出一副不敢超越祖父的样子,这一点在其晚年的一件事情中表现得尤为明显。

乾隆是清代唯一的太上皇。在中国历史中,太上皇很常见,但是基本上都是在权力斗争中败下阵来的倒霉皇帝,唯独乾隆是唯一一位实权太上皇。造成这个现象的根本原因是,乾隆在当了六十年的皇帝后,表示自己不能超越当了六十一年皇帝的祖父康熙,于是高风亮节,把皇位让给自己的儿子嘉庆皇帝。但是让皇位不代表让权力,所以乾隆就这么成了中国历史上唯一一位实权太上皇。并且,在当了太上皇之后,他还常常念叨自己学习祖父,挣下了这么大一份家业,还是祖父教导得好,虽然老了,但是还是十分怀念祖父。乾隆的心理昭然若揭,意思就是,祖父做到的他都做到了,祖父没做到的他似乎也做到了,但是他绝对不会承认。

在这种心理作用下,乾隆为政时时时刻刻都要和祖父康熙对标,康熙南巡,他也一定要南巡,这才是乾隆南巡的根本原因。那么,乾隆南巡的目的是什么?乾隆也曾经表示,自己是为了尽孝,陪同母亲出游。

这明显是托词,乾隆皇帝性格比较傲娇,有个典型特点是,自己想要做什么,自己不说,都假托他人之口。名义上是表孝心,实际上是自己想出来的。从1751年到1784年的三十四年中,乾隆一共六次南巡。但是乾隆南巡和康熙南巡有本质区别,这个区别是康熙公大于私,乾隆私大于公。游玩赏乐是乾隆南巡的重要目的。这就决定了乾隆南巡,必来扬州。一方面是因为扬州风景优美,经过康熙、雍正时期大几十年的恢复和发展,已经成了一座风景优美的"园林城市";另一方面也不容小觑,那就是扬州在盐运繁盛数十年之后,养出了一大批有钱的盐商,乾隆皇帝是来"打秋风"找零花钱的。

这就有些奇怪,封建时代家天下的皇帝富有四海,难道还缺钱花不成?还真是这样。由于封建制度在明清发展到了巅峰,皇帝不能直接把手伸进国库,一方面制度使然,另一方面皇帝也好面子。皇家开支有专门的"小金库",这在专业上称为"内帑",有清一代由内务府运营皇家开支,乾隆皇帝享乐成风,耗费颇多,动用内帑肯定是不够的,特别是在乾隆执政后期,出现了很有代表性的收取零花钱的制度。

第一,叫捐纳。这不是个新鲜词,说白了,是买官卖官。在官本位盛行的当时,商人地位普遍较低,于是为了提高自己的社会地位,就花钱买个官。在乾隆时代,为了充实"小金库",允许他们拿钱买官衔,不同等级的官衔明码标价,"童叟无欺"。在富庶之地头戴官帽者几乎成了风尚,今天辽宁博物馆馆藏的乾隆年间宫廷画师徐扬所绘制的《姑苏繁华图》,就生动地描绘了当时苏州城的风貌,来来往往的人头上都有红顶,甚至到了某些街道一片红的地步。可见当时捐纳成风,名为孝敬,实则行贿皇帝,开了一个极坏的头。这项制度甚至成了"祖制",在清代后期成为卖官鬻爵的合法制度,例如在一百多年后李鸿章为了筹集北洋水师的军费,便以此为依据搞出了"海防捐",一时间舆论大哗,群情激愤。

第二,为议罪银制度。说白了,就是大臣们做自我检讨,往往是奏折写了错别字之类的小错,向皇帝上奏折检讨,自罚一笔银子,一方面表示自己的忠心,另一方面也想通过贿赂皇帝,拉近和皇帝的关系。这一笔银子动辄就是几千两数万两。最为过分的便是号称乾隆朝第二贪官的王亶望(和珅自然是第一),在任浙江巡抚期间以自己的奏折格式不严谨为名,自罚议罪银五十万两,成功引发了乾隆的怀疑,也成为乾隆朝第一贪污大案甘肃冒赈案的突破口。是案甘肃全省大小官员几乎被一扫而空,盛世之下的腐朽被大白于天下,而王亶望此举,也可能是有史以来最贵的公文事故了。这是后话。议罪银是单独向皇帝缴纳,是不入国库的。

从以上例子可以看出乾隆皇帝"生财有道",他爱钱,要钱,还积极捞钱。南巡这种大好机会,乾隆皇帝岂能放过?康熙南巡的时候好歹接见各地官员,他第五次南巡还重点召见了当时的地方官桑格。乾隆皇帝到扬州甚至懒得见地方官,而是直接和地方上的大商人打成一片,省去中间赚差价的官员，直接向盐商伸手要钱。比如当时在扬州有一个叫作江春的大盐商，在乾隆南巡时期以商人的身份直面天子，多次面圣，留下了"以布衣上交天子"的传说。嘉庆《两淮盐法志》记载：乾隆十六年（1751年），首次南巡，驾临扬州，至乾隆四十九年（1784年），江春与他人"急公报效""输将巨款"达白银一千一百二十万两之多。而乾隆皇帝也给了盐商们丰厚的回馈，给他们开绿灯，允许他们每引盐可以加十到二十斤的盐耗。这是什么意思呢？盐商们卖盐需要朝廷的盐引，作为合法卖盐和纳税的凭证，这多加的所谓盐耗，就是对盐商的变相补贴，一引可以多加十到二十斤，把这些盐算作额外折耗，不算在正规报账之内，说白了，这就是可以不用纳税的私盐。但是卖的时候依然以朝廷的定价卖出，盐商们就可以再获暴利。

乾隆皇帝南巡的目的和作用比较复杂，但是就扬州而言，有独特的，总而言之，就是提高了扬州的政治地位和文化地位。其中，对文化的影响直到今天扬州都在受惠。正所谓文以载道，不废江河万古流，笔者认为，乾隆南巡扬州留下的宝贵财富，今天扬州依旧受益。

首先是留下了诸多的传说，成为扬州传奇的一部分。人们谈到扬州时，第一反应就是乾隆下江南，哪怕扬州并不在江南也无人在意,天宁寺、平山堂、御马头这些名胜正是由于傍上了乾隆皇帝这个大 IP 而变得闻名遐迩。其中最有代表性的莫过于扬州的白塔。《清朝野史大观》记载,一天,乾隆在瘦西湖中游览,船到五亭桥畔,忽然对陪同的扬州官员说:"这里多像京城北海的琼岛春阴啊,只可惜差一座白塔。"第二天清晨,皇帝开轩一看,只见五亭桥旁一座白塔巍然耸立,以为是从天而降。身旁的太监连忙跪奏道:"是盐商大贾为弥补圣上游西湖之憾,连夜赶制而成的。"据说,是八大盐商之一的江春用万金贿赂乾隆左右,请他们画成图,然后一夜之间以盐包为基础、以纸扎为表面堆成的。尽管只可远视,不可近攀,但乾隆不无感慨地说:"人道扬州盐商富甲天下,果然名不虚传。"这个传说一看就知道是假的,这座高 27 米多的白塔,怎么可能用盐包、纸扎搭起来?想想也不可能立得住,就算勉强立住了,也经不起扬州的倒春寒,万一在皇帝的眼前塌掉了,岂不是现了大眼?这座白塔的来历在《扬州画舫录》里面记得清清楚楚,清乾隆四十九年(1784 年)两淮盐总江春集资仿北京北海白塔,就旧塔基建造的。也就是说,这地方原来有一座旧塔,扒了重盖,目的是迎接乾隆的第五次或者第六次南巡。乾隆来的时候就已经看到了,是早有准备,而不是一时兴起。但无奈大家都不愿意相信事实,都沉迷于野史美丽的传说,今天也常常能看到游客不顾卫生用指甲刮塔的表面放嘴里看是不是咸的。这就是传说的力量。无论袁枚的诗词歌赋多么绚烂,《扬州画舫录》多么有学术价值,口口相传流传最广的是这些明知是假的却为人所津津乐道的传说。

其次是扬州作为世界美食之都,有乾隆皇帝大力背书的成分。淮扬菜作为中国八大菜系之一,其历史悠久,做工精细,但是它登上国宴的大雅之堂,则是乾隆皇帝的功劳。乾隆皇帝历次南巡,在扬州的时候膳食基本上都是以淮扬菜为主,回到宫中之后依旧不忘扬州美食,常常吩咐御厨弄些扬州口味。《国朝遗事纪闻》记载,乾隆皇帝在北京吃的御膳中大鱼大肉油脂过多,倒了胃口,来到扬州之后吩咐身边人弄点时令蔬菜尝一尝,于是下人们弄了些时蔬、油煎豆腐给乾隆吃。乾隆觉得不错,问下人这叫什么,下人很有文化,说了句:"金镶白玉板,红嘴绿鹦哥。"豆腐是白的,油煎之后表面略略发焦,咬开之后是白心,黄皮白心,确实是金镶白玉板。所谓"红嘴绿鹦哥",可能是辣椒丝和蔬菜点缀的。下人的回复可谓得体。乾隆又追问这道菜花了多少钱,下人说,这是家常菜,只要十文钱。乾隆大喜,这真是低级消费,高级享受。回到北京之后,乾隆吩咐御厨依样画葫芦把这道菜复刻一下，结果内务府报账上来说花了千把文钱，溢价一百倍。乾隆大惊，忙问其故，这个下人回复得也很巧妙，说："此江南风味也，北地致之颇不易，故贵重耳。"乾隆一声叹息，说："的确是这样啊，我每顿饭都想着扬州啊。"

正是因为乾隆对淮扬菜的迷恋，所以大量扬州的厨师才进入宫廷。扬州的富庶本身大力推动了淮扬菜的进步，而精英厨师的进京让淮扬菜更加方便地博采众家之长，逐渐成为清宫高端餐饮的主角。这是中国其余菜系历史上从未达到的高峰，这也成为扬州被评选为世界美食之都的重要原因。

虽然乾隆皇帝南巡时耗费民力，奢侈享受之风给清朝政治带来了极为不好的影响，但是他对扬州经济、文化和历史地位的推动，可谓功在当代，利在千秋。可是讽刺的是，扬州在清代的极盛转衰，也是乾隆皇帝一手造成的。

明清以来，扬州的繁荣程度和盐业息息相关。扬州盐业最繁盛的时候正好是康熙、乾隆两代皇帝南巡的大几十年的时期。尽管一时间"烈火烹油，鲜花着锦"，但是清代淮盐的专运制度是高度国家垄断，腐败亏空日渐严重。加上乾隆皇帝南巡之时盐商踊跃报效掏钱，造成严重亏空，乾隆皇帝有鉴于此又多加特权为他们找补，这就形成了恶性循环。乾隆后期，国家从康乾盛世的巅峰走向衰落，民众负担已经到了临界点,为了生存,民众不惜以身试法,大量走私私盐,这种情况实际上在乾隆南巡期间就已经出现,甚至出现了盐商和私盐贩子相勾结合伙逃税的情况。两淮盐业制度在乾隆皇帝当政的最后一年(乾隆六十年,1795年)终于走不下去了,乾隆被迫下诏取消了以扬州为中心的两淮盐业制度,让盐业从垄断经营转为了自由贸易。保驾护航的强行政力一消失,扬州盐商构筑的繁荣盛景几乎是顷刻灰飞烟灭,这些盐商就如同传说中的瘦西湖白塔一样,成为无根之物。

乾隆六十年,以此为时间节点,扬州的凋敝速度令人咋舌。经历过这个过程的文人阮元在为《扬州画舫录》作跋语的时候对此不无感慨。经过二十多年的嘉庆时期,道光初年的扬州已经完全没有了乾隆时期的市容市貌,废弃的园林已经成了荒地,商人不再前来投资,文人也不再来扬州了,一部《扬州画舫录》成为一本追思繁华的回忆录。短短二十年间,扬州再次成了"芜城"。

屋漏偏逢连夜雨,经过了道光朝的风雨飘摇之后,狂风暴雨在随后的咸丰朝降临到了这座失血过多的城市。1851年,洪秀全在广西金田揭竿而起,太平天国起义半年间席卷全国。1853年太平军占领江宁(今江苏南京),改称天京,扬州历史上最后一次成为南北对峙的前线。清政府为了战略考量，在扬州设立江北大营，本是彰显文治，作为治学之用的四望亭成了军用的谯楼，数年内太平军和清廷在扬州激战多次，扬州城几乎成为一片瓦砾。

太平天国运动结束后，扬州迎来了一个相对平静的时期，只不过此时的扬州已经丧失了自己造血恢复的能力。和两百年前康熙初年不同，那个时候尚有一个强大的中央政权加以扶持，能让扬州在不到五十年时间内成为全国乃至全线的大都市，但19世纪60年代的扬州已经处于半殖民地半封建的时代，没有强大的国家政权保驾护航。

雪上加霜的是，这个时期，随着航海技术和铁路技术的大量引入，大家发现无论是铁路运输还是近海运输，其成本都比运河漕运低太多，扬州作为交通枢纽的作用也逐渐消失了。除了商人和文人，大量劳动力也外流，以上海为代表的通海港口迅速崛起，吸引了这些劳动力，扬州处于产业和劳动力的空心状态。

尽管现实一片灰暗，但还是有以社稷为己任的人一直在坚持，从东汉的张纲和陈登，到五代的杨行密和柴荣，再到王朝末年的李庭芝和史可法，扬州总是会出现明知不可为而为之的人，也许这些封建时代的人在现在看来有些不合时宜，但是其精神是让人不可忽视的。曾国藩在生命的最后时期担任两江总督，数次来到扬州，关注战后经济恢复和民生事业，视察水陆各营防务、训练情况。在任上领衔上奏，促请尽快落实"派遣留学生一事"。并提出在美国设立"中国留学生事务所"，推荐陈兰彬、容闳为正副委员常驻美国管理；在上海设立幼童出洋肄业局，荐举刘翰清"总理沪局选送事宜"。这些举措在今天看来治标不治本，无法从根本上解决国家的问题，但是当事人已然尽力。或者说曾国藩知道国家的症结，但是更多的则是不得已的缝缝补补。这就如同那个时期的扬州，由于千年未有之大变局而无法重温荣华旧梦，社会的动荡让它只能摸黑探索前行。城生和人生一直很像，时来天地皆同力，运去英雄不自由。历史展现了人民改天换地的主观能动性，也展现了随势而为的身不由己。千年回眸，百年回望，一切尽在不言中，唯有运河水滔滔向前。